言葉のびっくり箱

伊奈かっぺい綴り方教室

本の泉社

まえがき――あとから書きましたけど

日記は毎日必ず書く。日記には楽しいこと以外は書かない。楽しいことはめったなことで二日も続かない。それでも日記は毎日必ず書くとなれば嘘でも創ってでも書かなくてはならない。

そうして書き続けた日記を、書き始めてすぐの頃に読み返してみてわかった。ほとんど毎日が嘘の創り話で、その嘘の創り話のほうが現実の楽しいことよりもはるかに面白く楽しいのだ。

この話は何度人前で披露したことだろう。何度原稿用紙のマス目を埋めたことだろう。日記は毎日必ず書く。日記には楽しいこと以外は書かない――

書き始めてもう五十五年は過ぎた。ことあるごとに読み返してみる。どこを読み返しても楽しいことしか書かれていない。さいわいなことに、市販されている雑誌や単行本ではない。自分の手で自分のノートに書いた文字や絵だ。よほど皮肉ってわざとらしく調べに調べて書いた〝漢字〟ではない限りすべてが素直にすんなり読める。

元々の元。独り暮しの退屈しのぎで書き始めた日記。元々の元。誰に見せる、誰に読んでもらうために書き始めたものではない。当然の如く、誤字脱字何するものぞ。偶然の誤字脱字がそのまま可笑しさにつながることだっていっぱい出てくる。偶然でこの可笑しさが出てくるのであれば敢えて意図的な誤字脱字を並べてみようか、の思い。

「一年の計は簡単に」「貧乏肥満なし」「痛み時々腫れ」「腫れどきどき痛み」「見ざる言わざる着飾る」「この旅の旅でこの旅は終り」「騏驎と麒麟よくわからん〝騏麟〟と書いても良いのであろうか」

どのページを開いてもこの種の言葉遊びのひとつやふたつ、みっつやよっつ。あきれるほどに出てくる。今日は何があったかを書くのが〝わたしにとっての日記〟ではない。今日はこんな言葉遊びを思いついたぞ——それを書き記すのが〝わたしにとっての日記〟であったし、日記なのだ。

「親指、小指、中指はその大きさと並びで理解しても良いのだが足の指も同じ呼び名となれば薬指がよくわからん。人差指……いくら練習と訓練を重ねてもいまだにコノ指で人は差せない。惜しい限りで」

「貴方と貴方方。あなたとあなたがた。貴方の複数形が貴方方。〝貴方が噛んだ小指が痛い〟と〝貴方方が噛んだ小指が痛い〟の違いたるや。相手はひとりじゃない。アイテを別の漢字で書いてみる楽しさ」（痛）

「久しぶりにデパートのトイレに入ってみたら〝人がいない時にも水が流れる場合がありま

す〟とあった。なるほど。と言うことは〝人がいる時でも水が流れない場合があります〟ってことだわなぁ、とメモを」

「玄関に貼り紙があった。〝足許が滑りますのでご注意ください〟と。〝その気になって歩いてみたがちっとも滑らないじゃないか〟のクレームがあったのだと。さぁてどうしてくれようかのメモにニンマリの日記」

とりあえず自分がニンマリできる言葉遊びの日記を七年から八年続けていたあたりでの人事異動。テレビのテロップやフリップ製作に加え、ラジオも含むコマーシャル製作の業種が加わった。美術部から造形部なる新しい部署に。

放送局でのコマーシャルとなれば15秒20秒30秒。長くても60秒あたりが主流。時にラジオCMで5秒なんてのもあったが。

慣れない業種とはいえ15秒や20秒の短い時間の中に〝記憶に残る言葉や言い回し〟を伝えて覚えてもらう――なんだか〝日記は毎日必ず書く。日記には楽しいこと以外は……〟この思いと作業が妙に重なって……。

今日の日記には何を書こうかと楽しみながら悩んでいた〝作業〟がそのまま〝仕事〟になったようなもので。今日の日記に書いておこうと思いついた思いつきを昼《ひる》日《ひ》中《なか》、職場のデスクで原稿用紙に書いて提出する。テレビの場合は漫画のような簡単なイラストに短い笑い話を添えて〝絵コンテ〟を作る。どこまでが仕事で、どこまでが暇つぶしの遊びなのか。自分でも区別がつかない言葉遊びと遊び言葉の繰り返し。

新しいテレビCMの依頼があった。スポーツ用品の専門店。この季節に乗せて一日に20回から30回は放送したい15秒CMだと。一日に同じCMが20回も30回も流れたら見るほうだって飽きるだろうて。作るなら30種類の15秒CMを作り、一日中違うCMを流したらどうだ。翌日から放送時間をランダムに変えてしまう……と30種類のすべてを見る人、見た人などそうそうはいないはずで。しかし一気に30種類のCMなど出来るでしょうか。出来るでしょうかではない、作るのですヨ。15秒の半分、7秒から8秒で〝楽しんで〟もらい残りの7秒から8秒で店名など必要事項を加えての15秒。スポーツがらみの7〜8秒の〝楽しい小咄〟売場を回りながら吐き捨てるような無駄口を次々と収録し一日で30種類……なんとか上手く。

仕事とは思えぬ楽しさであったとつくづく——

「色のついた眼鏡を3個も買いましたこの3個です、サングラスとも言いますわなぁ」

「スキーをやり始めて35年になります。〝わぁ教えて教えて!!〟止《や》めて34年になりますけど……」

軽い思いつきを並べに並べ、まるで作品擬《もど》きの面《つら》で仕事擬きにしていた時代と時期もあったわなぁと改めて反省……も擬《もど》きだろうか。

言葉で遊ぶ、言葉を遊ぶ、言葉に遊んでもらう。遊びだけを思って生きてきたし生きている身を傍からも面白がってくれる御仁がいるありがたさ。自分が一番びっくり。

あの時の言葉遊びが残っている。是非にもお手に取ってのご一読を。ご一緒に。

目次

Ⅴ またまた

「年寄りの冷水、若者のぬるま湯」

Ⅵ おやおや

「曲がりなりにも真っ直ぐに生きて来た」

落書き帖

○

自分で作って自分で笑う「自作自演の自給自足を自画自賛」
これを今年のモットーにしようと思う

○

分度器で好きと嫌いに分けてみる

○

身体が覚えたことを
頭がどんどん忘れていく

○

たぶん意志が弱いのだろう
一度やめた煙草を――まだ吸えない

○

転んでも畳では起きない
しばらく寝転んでいたい

○

血湧き肉躍る
その後の筋肉痛の事を思えば……
別に血を湧かしたり肉を躍らせたいとは思わない

○

胸三寸に畳む
この場合の〈三寸〉とは幅だろうか高さだろうか

○

胸をなでおろしたことがない
もちろん他人の胸だって

○
熟睡を夢にまで見る不眠症

○
目と耳を疑ったことがない
だって自分の目と耳でしょう
疑うなら他人の目と耳だ

○
耳寄りな話が目から鼻に抜けてどこかに行ってしまうこともあるだろうか

○
触れ合いたいのは袖じゃない

○
あぁ健康が疲労しているぞ

○

若いころ……一週間は七日もあったのに
今は……一週間は七日しかない

○

返す言葉が無い
……だって借りた覚えが無いのだから

○

敵にまわすと怖いというよりも
味方にしておくと楽しいヨくらいでいたい私

○

独り言　相槌を打つ　賑やかさ

Ⅰ

やあやあ

「嘘で良い　嘘が良い」

人生を変えた一冊の本

どこかで薄れてゆく記憶のなかでも一度や二度ではあるまい「私の人生を変えた一冊の本」とか「この一冊の本が私の人生を決めた」とかを主題にした原稿依頼やらインタビュー取材やら。新聞社だったり週刊誌だったり。

もしかして依頼者は、ドストエフスキーの〝カラマーゾフの兄弟〟とか、カミュの〝異邦人〟に傾倒して、のめり込んで現在の私があり……なんて話を聞きたかったのかも知れないが、それはそちらの人選ミスだ。今の今だって少しは気取ろうと〝ドストエフスキー〟と書いたつもりで読み返して見たら〝ドフトエススキー〟と書いてあり、あわてて書き直したりしているくらいなのだから。

何も世界の文豪から選ばなくたって夏目漱石やら樋口一葉やらお札になった日本の文豪だっているのだし、同郷面《づら》して今なら太宰治もかなりのトレンディらしいではないか。

何が言いたいのか何を言いたいのか。「私の人生を変えた、人生を決めた一冊の本」の質問を何度か受けたが答えはいつも決まっていた。その〝一冊の本〟とは、私が初めて書いて自費出版した本である。ここには恥も外聞も卑下も謙遜も、遠慮も会釈もない。

　日記は必ず毎日書くこと。その日記には楽しいこと以外は書かないこと。このふたつを自分との約束として書きはじめた日記。楽しいことが何もなかった日は嘘でも、創ってでも書くと決め……日記は毎日必ず書

読《よ》み終《お》える前《まえ》に人生《じんせい》を
変《か》えた本《ほん》があると
すれば——あれも
これも全部《ぜんぶ》だろうな
中途で50% 半端で50%だと
すると『中途半端』こそが完璧《かんぺき》だ
『意志半先生行状記……』
変しい
変しい人…

いた。そのほとんどが嘘に近い創り話だ。それがあるキッカケで一冊の本になった。この一冊の本がサラリーマンの人生を変え、その後の人生を決められたようなものだとしたら〝ドフトエスキー〟も〝カミュの亭主〟も問題ではないだろう……と思ってのこと。

　昭和50年11月、国立国会図書館発行〝納本週報〟民間納入の部・総記〔雑書〕「消ゴムでかいた落書き」伊奈勝平・グループ四畳半（青森）49年8月、17×17cm、1200円。

　田舎のサラリーマンがようやく出版にこぎつけた本を無料で寄贈しろ、送料もソッチ持ちでサッサと送れと言ってきたのが国立国会図書館。後日届いた〝納本週報〟に、本人は〔詩集〕と思って送ったのに〔雑書〕

に分類されて……。それにしても田舎のようやくの自費出版本を国会図書館はどこでどうして知ったのだろうか、いまだによくわからない。

本人だけは〔詩集〕と思い込んでいた〝作品〟を朗読したラジオ番組に対し評論家の加太こうじとやら「……いくら調子がよくても朗読された詩そのものが安っぽい。……生活上必要な器具などをならべいかにも生活感覚があるように見せかけながら、ただそれだけという詩を、方言でおもしろ味をつけて聞かせただけ」と日本民間放送連盟〝月刊民放〟にあり、当時は少々ムッとしたが今なら「この正直者めッ」と言ってやりたい気分と大人の対応が……少し震える。今でも。

もっとも、この〔雑書〕の帯文には青森県（弘前市）出身の小説家・石坂洋次郎サンの一文があり「この本が詩集だといったら、おおかたの詩人は驚き怒り出すかもしれない――いや、笑い出すかもしれない。しかし、著者は真面目な詩集だと思っているらしいのがいかにも冗談風でおかしい。とにかく、ユーモアに乏しい筈の純粋の津軽人が書いたのだから、私の認識を改めねばなるまい」石坂洋次郎（署名）――東京の評論家より青森出身の小説家の方が上だと今でも思っている、うん。

〔二〇一五年八月九日〕

人生を変えた一冊の本の続き

いしざか・ようじろう【石坂洋次郎】小説家。青森県生れ。……明るいユーモアと健全なモラルで青春を描き、戦後流行作家となる。作「若い人」「青い山脈」「石中先生行状記」など。（１９００〜１９８６）＝広辞苑第六版。

文学とはほぼ無縁の私だって知っている日本を代表する小説家のひとり石坂洋次郎。その石坂洋次郎サンが〝伊奈勝平〟などと名乗っていた無名の新人の自費出版の本の帯に一文を寄せていたとは、どんな流れのハズミのコネを悪用しての所業なのかとお思いか。

石坂洋次郎サンは明治33年生れ……下手すればオマエなんぞはナマでお会いしているわけがないとお思いの方もおられようが、明治33年生れとは１９００年ちょうど。西暦何年がそのまま何歳となる便利さ。長編小説「若い人」が１９３７年だから石坂さん37歳。１９４７年「青い山脈」の新聞連載の時が47歳（この年私が生まれた）。

その、この年に生まれた私が〝伊奈勝平〟なる偽名で1冊目の本を出版したのは27歳。それは１９７４年。つまり石坂さんは74歳。まだまだお元気、あい変わらずの現役流行作家であり、青森駅のホームで初めてのご

本当にあった
泣ける話
より
嘘でも
笑える話が
好きだ
涙と感動に金を
払う人の気が知れない
ものでね

対面「おお、君がカッペイクンか」と手を握ってくれたのだ。

特に、若くあかるい歌声が流れていたわけでもなく雪崩が消えて花が咲いていたかの記憶もない。駅ホームであいにくどこの山脈も雪割桜も空の果ても見えなかったはずだが我等ならぬ私の夢が呼ばれた瞬間であった。

帯文「……とにかく、ユーモアに乏しい筈の純粋の津軽人が書いたのだから、私の認識を改めねばなるまい」とは、すでにいただいていた。できるならば一文の終わりにある〝石坂洋次郎〟を活字でなく手書きの署名捺印……捺印までは無くともせめて署名だけでもとお願いしていた。運よく近々、つまりこの日に何とかの所用で青森においでになるとのこと。ならばその署名の受け取りを理由に青森駅のホームでお出迎えとご挨拶をしようではないか、と。そこで私の若くあかるい歌声にも似た笑顔に「おお、君がカッペイクンか」と相成ったのである。

これでもまだ疑うか。疑う人は疑うでしょうね。さんざん冗談めかした嘘を書いては消し、書いては消し、書いては消し忘れたふりまでして来たのだから。

　嘘で良い、嘘が良い――まるでどこぞの絵手紙の勧めのようだが……下手な嘘で良い、下手な嘘が良い。嘘で良い、嘘のほうが面白いとした日記から抜き出しての自費出版・処女出版。そんな、横好きの下手にも程度や限度があるだろうよと思わせるシロウトの趣味の出版物に、時代の流行作家が〝コノ本ハオモシロイカラ〞を主旨とする推薦文を書いてくれるものか。お疑いはごもっともだ。私が貴方の立場だとしても疑うもの。

　あの当時のあの会社には私のやることなすことを面白がってくれる上司や仲間が沢山いたのだ。その上司の一人が「わが社で個人的に本を出した奴はいないない、面白いじゃないか、石坂洋次郎あたりに推薦の帯文を書いてもらおう」「あまりに恐れ多いことで……」「心配すんな、同郷のよしみだから頼んでやる」

　かくやのいきさつ。著名人と自分を並べて見せての自慢話もどき。前号にも書いた。もはや恥も外聞も卑下も謙遜も遠慮も会釈もない。墓まで持って行くほどの話とも違うでしょ？

［二〇一五年八月二三日］

淡谷のり子サンとの年の差

わが青森県が生んだ偉大な歌手。〝ブルースの女王〟とも呼ばれた淡谷のり子。

その淡谷のり子さんが亡くなったのが1999(平成11)年だというから、かれこれ16年か。享年92歳。この時代、あの時代にしても大往生であったことと。

1989年(昭和から平成にかけて)82歳にして〝芸能生活60周年82か所全国ツアー〟をしたとかの記録を見つけ、改めてその元気さに驚く。1993(平成5)年86歳にして〝歌手休業〟の宣言をしたのだとか。

それまでは間違いなく現役の歌手であったとは〝短命県〟をウタウ同じ青森県人としてつくづくあやかりたいものだの思い。

どこからどこまで晩年に相当するものやら〝晩年〟テレビのヴァラエティ番組などで聞かせた歯に衣着せぬ発言の数々。いかにもとした大物の存在感を示して小気味好かった。いわく、若い上手くもない歌手に対して「カシュじゃない、カスだ」とかね。

ことあるごとに思い出しては人前で披露している淡谷のり子サンとの年齢に関するエピソード。ときどきは思う。あれは本当のことだったのか、後日の創り話だったのか……数学はおろか算数だって得手ではないが昨夜から年号を書いては消し、消しては書いて――

　初めて淡谷サンにお会いした時。あらかじめ確認していたのか咄嗟だったのか、よくは覚えていないが舞台は青森。

「……ところで淡谷サン、おいくつになられましたかねぇ」

「78（歳）」

「78（歳）になりましたか。わたしは今年39歳になりましたが……淡谷サンが78で、わたしが39ということは……ちょうど半分と言いましょうか、ちょうど倍と言いましょうか」

「78と39……そんだねぇ」

「わたしの年齢が淡谷サンのちょうど半分と言うことは、淡谷サンが60の時、わたしは30。淡谷サンが20の時、わたしは10。淡谷サンが10の時、わたしは5。淡谷サンがフタツの時、わたしはヒトツ……どこでどう間違ったものか、淡谷サンとわたしは〝ひとつ違い〟になってしまいましたョ」

「あはは。そういうごとになるねぇ」

　とても愉快だった。とてつもなく楽しかった。年齢がちょうど半分。だから相手が60の時こちらは30……大方のお客様はまだ気がつかない。気がつかないどころか、それで良いと思ってしまうお客様もいるのだ。20の時に10あたりで大方が気づき〝フタツの時ヒトツ〟で全員が計算ミスを理解して大笑いとなる。

そこで昨夜からの年号年数、年齢合わせのメモ書き確認作業となったのであった。

淡谷サンが生まれたのは1907（明治40）年8月12日だと。78歳になるのは1985（昭和60）年の誕生日から翌年の誕生日の前日まで。

わたしが39歳になるのは1986（昭和61）年4月16日から。——だから、淡谷サンが78歳で、わたしが39歳で会えるのは1986年4月16日から同年8月11日まで。このたった4か月弱しかない。たったの4か月。

この意図的な計算ミスを誘導させ、感動的な笑いにつなげることができた貴重な淡谷のり子サンとの〝初対面〟という名の〝出会い〟に改めて重ねて感謝したいものだ、と昨夜来の数字に辟易しながらも、だ。細かいことは忘れて結構。半分半分がひとつ違いになったお笑いだけを気にとめていただけましたら。

［二〇一五年九月一三日］

年齢の格差是正トリック

前回の〝淡谷のり子サンとの年齢差の話〟は思いのほかウケがよかった。

つまりは淡谷のり子サンが78歳のとき、わたしは39歳で初対面。78歳と39歳であれば年齢差はちょうど半分。ならば、淡谷サンが60歳のとき、わたしは30歳（半分なのだから）だから淡谷サンが20歳のとき、わたしは10歳（半分なのだから）で、淡谷サンがふたつのとき、わたしはひとつ。半分だから半分だからと話を進めていき、ついには〝ひとつ違い〟のアネサンになってしまう与太話。

どこでどうして何故このようになってしまったのか。初対面でのお互いの年齢が完璧な数字だったのだ。算数にも弱いわたしは一覧表に数字を書き入れ、ふたりの年齢を並べてみた。ふたりの出会いで後にも先にも〝ちょうど倍、ちょうど半分〟は78歳と39歳しかない。なんたる神の思し召し、笑いの神の思し召し。

これは前回にも書いたことだが78歳と39歳はちょうど半分。ならば淡谷サンが60歳のとき、わたしは30歳——大方のお客様はこの設定に気がつかない。何故か。78と39よりも60と30のほうが、あえて暗算するまでもなく倍であり半分でありの理解は早い、単純明快そのもの。――さて、と。

広辞苑に限らず日本の国語辞典にカタカナ語の増えたこと。おかげさまで〝ラリルレロ〟が大きなツラで並んでるきょうこの頃。

ミスディレクション。前々から頭の片隅にあった言葉なのだが改めて日本の国語辞典で探しても出てこない。ミスディレクション。確かあのあたりにあったはず……と昔に読んだ本を引っぱり出しての目次。あった。あの本にもこの本にもミスディレクション。

それらしい説明、解説をしている奇術、トリック、マジックの本には必ずといっていい程に登場する。Misdirection「……ミスディレクションとは視覚、聴覚などの感覚器官に働きかけ、相手の注意力や思考力をまちがった方向にそらせたり、あるいは相手の判断力そのものをまちがった方向にそらせる方法である」（高木重朗著〝トリックの心理学〟講談社現代新書）

もっと簡単に言うと手品師が「よぉくご覧ください」などと右手でハンカチを振っている場合、誰も見ていないだろう左手で次の必要なコトを済ませているようなもの。見てくださいと言われて見ているからダマ

される。素直に付け込むミスディレクション。

ためしにミスディレクションをしてみますか。いいえ、ハンカチも鳩も要りません。「……百円ショップで買える出来るだけ長い物を思い出して下さい。孫の手が40㎝、庭そうじのホウキが70㎝、釣竿で90㎝を倍に出来る物もあったよね、ほかに長い物と言ったらどんな物があるだろうか？」これで相手は考える。「長い物、長い物……植木の支柱、1ｍの物差しもあったような……」どんなに追い詰めても頭の中は〝棒状〟から抜け出せなくなっている。めったなことで毛糸、ミシン糸など何十ｍ何百ｍの〝長い糸〟に思い至らないものだ。はじめに孫の手、ホウキなどの棒状を例に出すのがミスディレクション。お疑いならお試しを。

年齢が78歳と39歳。半分だからと60歳と30歳に置き換えたのがミスディレクション。あとは流れのままに騙されて〝ひとつ違い〟まで持っていかれる。もう若くはないのだから素直に信じない。騙すにしろ騙されるにしろだ。

［二〇一五年九月二七日］

論より証拠より論が正しい論

淡谷のり子サンから聞いた話。人間、80歳を過ぎれば時間はどんどん速く感じるものだそうで1日が約15分くらいにしか思えなくなるのだそうだ。

いくらなんでも、1日が15分てことはないでしょうよと反論したら――「それが証拠に、30分のテレビ番組を見終わると2日は経ったような気がするもの」と言われ〝それが証拠〟と言われても〝それが証拠〟になるのかどうか……同じように80歳を過ぎた人を探して証言を得ないことには……たとえ証言を得たとしても〝それが証拠〟となるのかどうか。

論より証拠――物事を明らかにするには、理屈を言うより具体的な証拠を示した方がよいということ。特に改めて何かで確かめなくても〝論より証拠〟の意味くらいは知っていたつもりであったが淡谷サンの「80歳過ぎれば1日15分論」を展開され〝それが証拠に〟を提示されると納得しないわけには行かなくなってしまった。

自分の倍以上も生きてきたお方からのお言葉をムゲに否定するなどもってのほか。失礼極まりないことにもなりかねない。あの時からだ。「論より証拠」は正しい言い回しかも知れないが、時と所と発言者によっては「証拠よりも論」のほうがもっと正しいのかも知れないと思うようになった私だ。

松島トモ子サンから聞いた話。

淡谷のり子サンは松島サンに会うたびに「トモ子ちゃん、何人男騙した？」とご下問されたものだそうだ。「騙した男の数が女の勲章だ」とも言われて。淡谷サンからのご下問に松島サンがなんと答えていたかまでは、まだ松島サンから聞いていない。このお話しだって「証拠より論」のほうが面白くて正しいような気がするではないか。

論《ろん》より鐘《かね》鼓《たいこ》ー
ぐちゃぐちゃ理屈《りくつ》を並《なら》べてもめるより
呑《の》んで
騒《さわ》いで踊《おど》っているほうが好《す》き
ああこりゃこりゃ

その淡谷サンと高橋竹山《ちくざん》サンがジョイントコンサートをすることになったとき、双方とも直接のつながりがないのでと〝ジョイントのジョイント〟を頼まれたことがあった。

淡谷サンの胸が豊かだと話も盛り上ったとき、淡谷サンが竹山サンに「触ってみるが？」と促し、テレて困ったような顔をした竹山サンが妙に可愛かった。そして竹山サンの控室。日本中はおろか世界中の飛行場に降り立った話になり「韓国はキムチの匂い。日本の飛行場はどこも必ずライスカレーの匂いがする」と大笑いになった。「見えない分だけ匂いが教えてくれでな」などと。

竹山サンもゲストに迎えてのある全国大会が青森市で行われたとき、講演会の講師として招かれたのが劇作家であり演出家でもあるアノ「北の国から」の倉本聰サン。夜のレセプションにもご一緒してグラス片手に「……ところでカッペイ君、いま懐に現金をいくら持っているかね?」まさか、金を貸してくれと言うわけはないと思いながらも「……いいえ、ほとんど持ってませんが」すると、改めてコチラを見「人間というのは何百万、何千万と預貯金があっても今現在、ポケットにそれなりの現金を持っていないと、態度も表情も貧乏臭くなってしまうものなのだよ」と。

それが証拠となるかも知れない預貯金も今現在のポケットの現金も如何ともしがたいままで現在に到っているとなると……さぞや態度も表情も貧乏臭いままの事と、わたし。

確かに「論より証拠」が正しいのだろうが世の中「下手な証拠」よりも「嘘でも楽しい論」をまき散らし散らされているほうが遥かに幸せであると今までも、これからも。

［二〇一五年一〇月一一日］

ネタ譲ってくれませんか

「さっきのあれ、面白いネタだったわねぇ、誰が作ったの?譲ってくれないかしら」と、舞台から降りた私の控室に嬉しいご挨拶を持って顔を見せてくれたのは大好きな漫才師・内海桂子、好江の好江師匠。

もう30年も前になろうか。場所は仙台。国際連合が指定した〝国際障害者年〟を機に永六輔サン、秋山ちえ子サンらが提唱して動き出した「われら人間コンサート」。障害を持つ人も持たない人も一緒になってコンサートを楽しむを合言葉にスタートしたイベント。

まずは盛岡市で開催。続いて仙台市、青森市などで毎年開催されていた。その東北版ともいえる〝一座〟のレギュラーメンバーと見られていたのが仙台では、さとう宗幸サン。青森では私が微力ながらお手伝いをしていた。その何度目かの仙台公演の時にご一緒させていただいたのが、漫才師・内海桂子、好江のお二人。「……誰が作ったの?譲ってくれないかしら」などと私をおだててくれた〝ネタ〟とは――

「マリリン・モンローというアメリカの女優は〝夜は何を着て寝ているのか〟と記者から訊かれて『シャネルの5番よ』と答えたそうですが、それはどんなパジャマなの

聞《き》くほうの耳《みみ》が
訛《なま》っていれば
『セイコーの
時計《とけい》が
シチズンを
お報《しら》せします』と
聞《き》こえる幸《しあわ》せ」

かネグリジェなのか〝寝巻〟なのか。私なりに調べてみましたのでご紹介しましょ。〝シャネルのゴバン〟とは上下に分れたパジャマ式の寝巻なんですね。材質的に夏冬兼用で。上半身の素材は、シャ【紗】織り目が荒いので透き目があって軽くて薄いから夏にぴったり。一方の下半身は素材がネル。やわらかくて手触り足触りも暖かいズボン型。冷え症の方でも暖かいから冬にぴったり。つまり、上がシャで下がネル。その〝シャネル〟の寝巻は無地ではなくてチェック模様。日本式にチェック模様とは市松模様。市松模様がわかりにくければ格子縞。もっとわかりやすく言えば囲碁の碁盤の目のような模様。〝シャネルのゴバン〟とはどのような〝寝巻〟であったのか、よおく理解していただけたことと」

　これが、好江師匠にウケたらしい話。プロ中のプロ。平成の今となっても昭和を代表する〝内海桂子・好江〟両師匠を超える女流漫才師はいないと信じている。その後、縁あって桂子師匠とテレビ番組をご一緒させていただいた際、すでに亡くなっていた好江師匠の代りに漫才の相方を務めさせてもらったこともあるが、二人で〝シャネルのゴバン〟ネタをやったとはツイぞ聞かなかった。好江師匠には「どうぞどうぞ。お気に召していただけましたらネタでも何でもお譲り致しますから」と伝えてあったのだが。

内海好江。１９９７年没。漫才でも漫談でもない、まして弟子でもない若僧を誉めておだててくれたアリガタさは今も忘れていない。桂子師匠も時折テレビ画面で見かけるが90歳を過ぎてもお元気そうで何より。「長年あなたのネタを盗用しておりました。師匠・古今亭志ん朝に諭されて本日、謝罪にまいりました」と東京・渋谷にあったライブハウス「ジァン・ジァン」の楽屋に顔を見せたのはまだ若かった古今亭八朝サン。私のカセットテープで聞いたネタをそのまま寄席の高座で話す。本人が話す時は「……実はこの話は」と出処を明らかにしていたが次々と仲間うちに広がり、いつしか出処出典が語られることがなくなり、師匠に相談をしたらちゃんと筋を通せと言われて本日……と。嬉しかったねぇ。プロの落語家に認められたような気がして。

［二〇一五年一一月八日］

落書き帖

○
抜けるよう抜けるようなばっかりで
抜けてしまった青空も見てみたい

○
花咲かず実にも届かず種のまま
根も葉も無くて未だ芽も出ず

○
猿滑り百日ほども尻の赤

○
いやいやと横に揺れてる柳　好き

○
背伸びして振り向きざまの猫背猫

○
浸み入ってもう聞こえない蝉の声

○
日めくりにその日ぐらしのみんみん度

○
蛙見て これが親だとわかるか
オタマジャクシよ

○
胸張って先頭で旗振ってる隠し味

○

川の水が減ってマス……どっちだろか
疑問の扉が開いてシマッタ……どっちだろか
真上から降りて来マシタ……まっすぐとはこのことだ

○

煮ても焼いても喰えないもの——
それは生魚・刺身だ
煮れば煮魚、焼けば焼魚になるから

○

寿司屋の主人 自転車でやってきた
ほほうハンドルも握るんだ

○

魚心に水心　恋心に下心

Ⅱ なたなた

「立ち場がないので……座ります」

宣伝の伝のあたりが……

年の瀬だろうが年の初めだろうが、それなりの朝を迎える前に目が醒めて眠れなくなってしまう老人性早起きの老人にとってはいつもの朝だ。

眠れない朝は下手に無理して眠ろうとはせず、むしろ眠れない朝はあえて眠らないように努めるとツイうっかり眠ってしまい、つまり思いがけずに眠ってしまい、つまりは当初の本当は眠りたいのだの思い通りに眠ってしまったりする――つまりのつまり、眠りたくても眠れない朝は、こんなややこしいことを思っているうちに眠れてしまう幸せとでも言おうか。もちろん夜だって同じ理屈で眠られますが、酒に手伝いを頼むと理屈がこんがらがって酒だけが一人歩きをはじめて手に負えなくなる場合もあるので要注意。酔注意。

笑覧「言葉の贅肉」が題名もそのままに岩波書店から単行本として全国発売されたが、その広告がいつもいつもの新聞に出ますヨと教えていただき、見る度に私の「言葉の贅肉」のご近所に必ずあるのが「坪内稔典著『モーロクのすすめ 10の指南』」（岩波書店）

なんだか、自分の本より気になり、たまたま東京から帰省していた娘に頼み、その本を注文してもらった（平べったい携帯電話の表を指でなぞるだけで書籍が手に入ると言うもんだから）そして3日で届いた。電話も便利になったものだ。

俳句はもちろん、川柳も短歌も〝文〟に〝芸〟が付いたものは何ひとつ知りはしないのだが、この坪内稔典サンが高名な俳人であることは私でも知っていた。「たんぽぽのぽぽのあたりが火事ですよ」コトあるごとに登場する稔典サンの代表句（と私の内で）。

「単なのにポポと互いに咲き乱れ」
「タンポポのポポ競いあう庭の春」
「コンビニのビニの後ろに成人誌」
「あんきものきものあたりの腹痛さ」
「スッポンポンポンのあたりが腹だろね」

これらは明らかに発想と表現を直接そのまま盗用した私のパロディとオマージュを気取ったふりをした、れっきとした盗作。

この『モーロクのすすめ』の中にも「たんぽぽのぽぽ」なる小見出しがあり「……生物学が専門だという教師の実証的（？）な解釈に私はうなった」とある。

同じタンポポ【蒲公英】ネタが『言葉の贅肉』にもあるのだが、こちらは発想も表

モーロクとは
まだ65歳だ75歳だと
思って安心していたのに
あっという間に
66歳76歳になってしまった
ことを言うのだと。
知らなかった。
五捨六入？

現もまるで違う。だから以下はパロディでもオマージュでも盗用でもないと断言して書き写す——キク科タンポポ属の多年草の総称。全世界に広く分布。日本には……関西たんぽぽデンネン。蝦夷たんぽぽダべ。アイアム西洋たんぽぽ。てやんでえ関東たんぽぽデイ。などと遊びたくなる。(続けて)こんな言葉遊びをしていることが「決して悪い癖だと思っていないので、かえって始末が悪いと思われているらしい。」とある。

さてその『モーロクのすすめ』の「あとがき」を読んで驚いた「……この本は産経新聞大阪本社版に連載中のエッセイを元に。連載が始まったのは二〇一〇年」とあったのだ。私の『言葉の贅肉』は産経新聞東北版に連載中のもの。産経の大阪と東北と蒲公英……。

大阪のモーロクにも眠れない朝があるのかどうか。東北のモーロクは宣伝の隣りにあった本を買って読んでみた。大阪のモーロクは東北のモーロク本を買うだろうか読むだろうか。買っただろうか読んだだろうか。うふふ。

[二〇一六年一月一七日]

原稿用紙そのまんまのまんま

こう見えても——まるで人前でマイクを持ち、お客様に語りかけるような書き出しで始めてしまったが「こう見えても」……「どう見えているかは知りませんが」と続くのが定番であるがね。

あえてもう一度。「こう見えても」たぶんズケズケと物申す奴だと思われているに違いないが実は割と小心者で臆病で心配症なのである。なぜまた急にこんな話題を持ち出したかと言うと、自室の棚の隅から昔むかしの本を見つけたのだ。

『原稿用紙そのまんま』これが本のタイトル。奥付に「1987年5月5日初版第1刷」とある。2刷3刷の記憶はまったくないので第1刷限りであったのだろう。いずれ今から30年程も前の本ではあるが「原稿用紙そのまんま」タイトルに嘘偽りはない。ごく普通の四百字詰原稿用紙のマス目をフリーハンドで真似て書き、小型の原稿用紙を作ってから、さらにそれに手書きで原稿を書いて一話が完成。それで1冊。

何故こんなことをやり始めたかと言うと、地元のミニコミ誌から月に1回、1ページに何か書いてみませんかと誘われ、四百字詰原稿用紙1枚一話完結で散文のような詩のようなものを連載することになった。そ

こで前述のような小型の原稿用紙を作り、とりあえず初回分の原稿を書いてみた。

「君たちがどこで生まれ／君たちがどこで育ち／この町に舞い落ちてきたのか／いち度も教えてくれないけれど／誰も教えてくれないけれど／季節を忘れず／この町に舞い落ちてくるんだね／はじめて手のひらで感じた君は／少しくすぐったくてね／はだしで歩いてみたいと思ったよ──雪があったかなんて／ただの言葉の遊びだよ／それでもあなた／北へ旅するというのですか／春まで待てないのですか……」

これで四百字詰原稿用紙1枚。行替えをうまく繰り返し、字置きのバランスをそれなりに考えて、一話目を書き終えた。

初回の原稿は渡した。はじめから手書きの文字だから、いわゆる文字活字の校正は必要としない。書きあげた文字面がすべてなのだ。初回の原稿は渡した……が次の号の原稿はどうしよう、締切日までに出来なかったらどうしよう……今のうちに次の分も書いておこうか。書いておこう。

「あおぞらから落ちてくる雪／そんなに珍

しいわけじゃないさ／星ぞらから流れてくる雪／ゆうべもそうだったよ／下から吹きあげる雪／いつものことだよ――でも／雨あがりのあと／虹といっしょの雪は／きょうが初めてだったさ／雨あがりのあと／君と雪やどり／これもはじめてだったのさ」

2回目の原稿もどうやら書けた。これで2か月分は出来たが……3回目の時うまく締切日までに書けるだろうか……。心配。

おわかりいただけたであろうか「……割と小心者で臆病で心配症なのだ」次から次と繰り返すであろう〝次の締切日〟が心配で心配で暇さえあれば〝次の原稿〟〝次の原稿〟を書き続け、ものの3か月程で百話を超えた。月刊誌の連載なら10年分はあろうか。とてつもなく小心で臆病で心配症なのだ。

その書きたまった原稿のことを知った編集子が「いっそ一気にまとめて本にしませんか？」となり「原稿用紙そのまんま」がそのまんま連載6か月も経たないうちに1冊の本になった。

体力と暇があって小心で臆病で心配症だとこんなことが出来たのだ。たったひとつ〝体力〟が無くなっただけで人間はこうも……。

［二〇一六年二月二八日］

税込みの思い込みみたいな

なんの疑いもなく信じていたことが、ある日あることを機に突然に崩れてしまう、とはよくあることだ。特に私のように元の元から物事を漠然と曖昧に理解したような気になってしまう性格だと尚更だ。

ぼうッと思い出すままに思い出すだけで「枚挙に遑《いとま》が無い」だったか「遑に枚挙が無い」だったかすら確定できないほどだもの。

いつ頃まで信じていたかは覚えていないが、ラジオのニュースなどで「……台風の影響で奥羽線の特急がフッウになりました」と聞き「特急が普通」つまり「特急列車が各駅停車での運行をしているらしい」と勝手に思っていた。いつ頃まで信じていたかは覚えていない、というのは嘘で、つい最近まで「特急が各駅停車に」と信じていたものだから……恥ずかしくて……書けないのが本当だ。

私が生まれ育った家は、元から手動のポンプを使っての汲み上げ式井戸であった。朝一番で水を汲み上げる時は、あらかじめ汲み上げて溜めておいた水を柄杓《ひしゃく》ですくい、いわゆる誘い水を流してから汲み上げる。子どもの頃から、水はコップや茶ワンで飲むものではなく、汲み上げポンプから直接、あるいは柄杓を使って飲むものであった。

浦島太郎が生まれて初めて竜宮城を見、その美しさたるやを歌に歌い「えにもかけない美しさ」と。私はずっと「柄杓の柄は細いから絵だろうが字だろうが〝かけない、かきにくい〟のだろうな」、と思っていた。

いえ、ホントだってば。神社の前庭あたりにある参拝前の手洗い所あたりでしか柄杓を見たことがない若い人には思いつかない〝えにもかけない〟思いだろうが。

浦島太郎の歌。4番「帰ってみれば　こはいかに……」この「こはいかに」とは「怖い蟹」だと思っていたとは後々だれかから聞いた話。当時の私はこの歌の4番など知ってはいなかった。

「土佐には土佐犬、秋田には秋田犬、函館には函館ドック」よく出来たワンフレーズだと自画自賛しておく。「犬」はイヌと読む。重ねて犬の話。可哀相な動物たちをコレデモカと羅列する〝作品〟がある。「決してハイとは言わないチャウチャウ」「千昌夫の嫁になったシェパード」「ロシアの喉枯れハスキー」「ソースになったブルドック」

そして「青森県で生まれた秋田犬」（この場合、アキタケンと発しなければ面白くない）ところがだ。「秋田犬」の場合は総て「アキタイヌ」と呼ばなくてはならないと秋田の人から注意を受けたことがある。特別な義理も負い目もなかったがとりあえず「はい」と応えておいた。「青森ケンで生まれた秋田イヌ」だと面白くもなんともねぇのだョとは言わずにデス。

肉の事は詳しくないが青森県産牛で耳にするのは「八甲田牛」やら「倉石牛」。お隣り岩手県なら「前沢牛」。全国版で「近江牛」「松阪牛」。「〇〇ギュウ」よき響きだ。

単純に〝生きているとき〟は「うし」食肉扱いで「ギュウ」と称すると勝手に思い込んでいたら近頃、マッザカだけが「うし」になったらしいではないか。肉切れ一片のご挨拶もなく、だ。「ギュウ鍋」なら突っついてもみたいが「ウシ鍋」とくれば。ついでに思えば「バ刺し・バ肉」は好きだが「ウマ刺し・ウマ肉」と言われれば……。つい「ブタ汁」と言ってしまうことがあるが「トン汁」に統一したほうがと改めて。

いくつになっても全身コレ思い込みのみか。

［二〇一六年三月一三日］

時の流れに身を任せない

年齢を重ねると時間の経過を速く感じるようになる。若い頃はそれなりに、そんなものなのだろうかと思っていたが、今は我が身の実感としてよくわかる。

　なぜに年齢を重ねると時間が速く感じてしまうのか。すでに経験済みのコトは新たな記憶として時間に加算されない。ソレって前にも見た聞いた経験したコトは今更どうでも良いと思うらしい。思うに今日は昨日とほとんど同じだとなれば、昨日か今日かどっちかが無くたって何の問題もないコトになる。無くたってかまわない毎日が毎日続くとなれば1日2日はおろか1週間だろうが1年だろうが10年だろうが……あぁだんだん思いが暗く淋しく哀しくなってきた。

　コトある度に「何を今更」のひと言で片

不眠症《ふみんしょう》―眠《ねむ》れば治《なお》る。
拒食症《きょしょくしょう》―食《た》べれば治る。
偏頭痛《へんずつう》―片《かた》っぽで良《よ》かった。
いつもこの気で生きてきた
『偏頭痛』返事はひとつといつも言われて…。

付けてはいけないのだ多分。2度目には2度目の、3度目には3度目の思いで接するコトが大事なのだ。年齢を重ね経験を積む度に疑いを深め、コトを信じてやらない。これこそが充実の1日の積み重ねに違いない。

信じるコト、信じていたコトを疑う新鮮な毎日！おぉ何たるプラス思考とやらではないか。

「不規則な生活習慣病」「規則正しい不整脈」どこかに存在するはずだ。「不公平も平等であってほしいから不平等も公平であってほしい」ややこしい話もイヤがらない。「炊き立ての冷やメシ、水の中の火遊び」何事も一笑に付してはいけない。「登り調子の下り坂、炎天下の日陰者」自分のコトとすればわかりやすい。

「押し寄せる引き潮、裏から攻める正攻法」「尊敬に値する卑怯者、他の追従を許さない平均点」馳せる思いに思いを馳せる。「頭にくる、くる程の頭か」「胸に刺さる、刺さるほどの胸か」「冷たいやつだ、きょうから冷奴《ひややっこ》と呼んでやろう」……呼んでやろうは〝呼んで野郎〟の方が良いだろうか。

「女はハイヒールで男はシークレットブーツか」「女はウィッグで男はズラか」「女はビデで男はシリ（ときに股間）か」ちっとも機会も均等も感じないが、言いたい奴には言わせておけ、こっちは時にカゲで大声でささやいてやるから。

「青鬼も生まれた時には赤ちゃんと呼ばれていたのだろうかなどと何の役にも立たないことを考えている自分が好き」今日も。「来年のことを言うと鬼が笑うのだと。よぉし、昨年のことを言って鬼を泣かせてやろうじゃないか。手を叩いて呼んでごらん。鬼が泣きながらやってくるかどうか、鬼サンこちら手の鳴るほうへ」

「鬼が玉葱を切っても涙を流すものだろうか。涙が出たらオン、出なかったらオフとしたら……出たね……オニオンの芽にも……」

スポーツ、スポーツマン、スポーツの世界がとりあえず健康健全、清廉潔白であるとは限らない、とは「スポーツコーナー、スポーツ欄」ではあまり扱わないが、〝一般のニュースコーナー〟では一人前に扱ってくれている昨今のスポーツ事情のあれこれ。

プロ野球は少年たちの夢なのだ、とテレビは言ってた。その夢を食べてしまうのが〝獏〟なる（想像上の）動物。すぐさま『野球と獏』と思ってみて書いてみて、昨日と違う新たな思いつきに〝今日を生きる〟今を感じる老人であった。生きてて良かった。

疑いもせずに信じていた事を思いっきり疑ってみる。時の流れを少しでも長く感じるためには〝今日初めて〟を大事にすることだろうて。

［二〇一六年三月二七日］

その代りがあればこそ

「それって単なる思いつきでしょう」と何度言われたことか。「それって単なる思いつきでしょう」

言われるたびに「はい、そうです」と応えてはいたが腹の中では随分と違う思いでいっぱいだった――その〝単なる思いつき〟を思いつくために何年かかったことか、何十年かかったことか、の思い。

持って生まれた才能と積み重ねた努力で身に付けた知識と教養を駆使し、理路を整然と並べることによって誰もがアッと驚く発明発見を得られるもの……かどうか私は知らない。生まれながらの才能も後追いの努力もして来なかったから、駆使する知識も教養も持ち合わせがなく、理路と整然がバラバラのまま別の方向を見ているような私のアタマの片隅で何かを思いつくとは正に〝単なる思いつき〟でしかないのだろう。ほら、この場に及んで、思うこと思っていることが腹の中なのかアタマの片隅なのかもわかっていない有様。

ひょんなことで〝単なる思いつき〟を思いつく。それはそれでありがたい〝思いつき〟ではあるが、それとは違う〝思いつき〟それは常日頃から何かを思いつこう思いつこうと思い続けていての〝思いつき〟。私

塩分《えんぶん》は控《ひか》えて下《くだ》さい！
その代《かわ》り
味噌《みそ》と醤油《しょうゆ》は
使《つか》い放題《ほうだい》ですから
味にうるさい
味がうるさい

の場合の思いつきは、これなのだ。だから〝単なる思いつき〟を思いつくまでに何年も何十年もかかっている場合がほとんどだ。思いつきなんてそう簡単には思いつかないもの。だからこそ〝思いつき〟は嬉しいし楽しい。何年何十年かかるとはいえ私にも思いつける思いつきがあるのだから思いつきはありがたい。

少年たちの夢だとかプロ野球。その夢を喰う獏なる動物がいて〝野球と獏〟とは前号に書いた思いつき。その後の思いつきを思いついたので書き留めておこうか――「身近かに手頃な夢が無い場合、獏はふだん何を喰っているのだか……蚊喰うの動物らしい」――だから、単なる思いつきなんだってば、今の今の。

もう何十年も前からコトあるごとに思いつきたいと思っているコトのひとつ。それは〝その代り〟を生かした言葉遊び――『近ごろ耳が少し遠くなりましたが〝その代り〟小便がかなり近くなりましたがね』

これが初めての思いつき。元々の元。〝その代り〟を上手に使って。〝その代り〟理に適っているに越したことはないが少々理に適っていなくても何となく納得させてしまう物言いが大事と自分に言い聞かせて。『近ごろ物忘れが激しくなったが〝その代り〟物覚えが悪くなって、ちょうど良き具合でして』

『話しが長くて済みません〝その代り〟中身は何もありませんから』『大きくて重い本ですが〝その代り〟中身は軽くしてあります』『どこへ行っても立ち場がないのですがお蔭様の〝その代り〟どこへ行っても座っていられます』

『トシを喰ってて済みません〝その代り〟ナニ喰わぬ顔で頑張ります』『下手な踊りで済みません〝その代り〟スカートを短くしておきました』『隣町まで行くのに2回も乗り換えなくてはならなくなりました青森市から函館市〝その代り〟料金が高くなりました』『よどみなく言えます〝その代り〟心にもないことばかりですけど』

単なる思いつきと思わせる様な思いつきを思いつきたくて何年何十年。どうせ単なる思いつきデスカラと、責任転化もどきの言い逃れだけで幾年月〝その代り〟を……なんとしよう。……なんとしよう。

〔二〇一六年四月一〇日〕

言葉に尻と足がある幸せ

「いちいち長々と御丁寧で面倒な挨拶がイヤだったら挨拶なんかしなくてよい。でも、とりあえずの返事くらいはしておけ。ハイとかイイエ。ウンとかウンニャ。それもイヤなら〝アア〟だけでもよい」

「アア」

「……当方の主旨に添った受け答えに心からの感謝を申し上げる次第です」

「アア」

「……。」これはこれ、まさに当方の主旨に添った受け答えであるのだからして心からの感謝を申し上げなくてはならない……のであろうね。

「なんて冷たい奴だ。きょうから〝冷奴〟と呼んでやろうか」

「そうですか。マメにやってるつもりなのですが、そんな言い方をされると、いささか腐りますよね」

冷奴は〝冷たい奴〟と書くのだなと今更ながらの思いつきで発したひと言に「マメにやってるつもりだが……腐りますね」などと受け答えられてしまったら、私なんぞは狂喜が乱舞し、乱喜が狂舞してしまいそうだ。

　家族だろうが職場の親しい同僚だろうが、日常の何気ない会話は常に咄嗟のアドリブ

お前の母さんデベソと言われると『いつ見たの？』と聞き返す子であったのだと
「何があってもいいえと答えて下さい」
「はい」…「だからぁ！」

なのだ。明朝のために前夜から、会話の打ち合せやら練習をしている家庭があるとは思えない。根回しだらけの会議のために余念がない職場でもあるまいし。

毎日毎朝「おはよう」の遣り取りだけがすべてなんて、せっかくの生きている緊張感に失礼ではないかと言い続けて何十年になるだろうか。

「おはよう。今朝は寒いね」と言ったら「寒いね」と応えてくれる人のいる暖かさだったっけ、優しさだったっけ。有名らしい短歌を五七五七七のまま思い出せない失礼の段、お許しを。

私の場合「おはようございます。今朝は寒いですね」と言われれば「オレが寒くしたんじゃねえ」が定番で「お疲れさまでした」と言われれば「今日は疲れてねえよ」。

「四畳半……さしつさされつ」「お互い、とっくに血だらけでしょうね」

「このトシになればケッコウ骨身にこたえるのですよ」「骨や身から何か特別な質問でもあって？　それって必ずこたえなくてはいけないのですか」

「このトシともなるとケッコウ舌が肥えて

きたなと思う時がありましてね」「それ以上、舌が肥えるとあいた口が塞がらなくなりますよ。ちなみに私の場合、あきれてもモノが言えます」

「心からのお詫びをしたいと思っております」「思っているだけで、まだお詫びはしておりませんね」

「涙が流れる思いでございます」「思いだけで、まだ涙は流れておりませんね」

言葉尻を捉え揚げ足を取ることも出来ないようで他人様の話を聞いていると言えるかと言い続けてきた。軽口を叩く――とはなんたる言い草。軽口に対して失礼この上もない発言。私ならさしずめ〝軽口〟と見たら聞いたら撫でて抱き寄せ恋して温め神と崇めて下にも置かない、もう少し若かったら結婚を前提にしたプロポーズを――イエ、もう少し若かったらとは私じゃなくてアナタのほうですが。

軽口も出来ないようで……私の場合、ひっくり返して〝口軽《ローカル》〟で、どうだずうっと。

青森在です。

〔二〇一六年四月二四日〕

感情的になろうじゃないか

不機嫌な人は幼稚に見えるのだと。コトあるごとに感情的になる人はロクなもんじゃないのだと？

馬鹿野郎め、だからどうしたと言うのだ。不機嫌な人は幼稚に見えるだと⁉上等じゃないか。好い加減にトシ喰って、毎朝ヒゲ剃るたびに鏡に映る自分の顔を見て〝ああ……老けたなあ〟と確認させられて、しばらく鏡をみたくないからヒゲを剃らなかったこともあるくらいなのだよ。それが、ちょっと不機嫌になるだけで幼稚に見えるとはありがたいことではないか。幼稚とは年齢が少なくて、つまりは若いってことだろうよ。

幼稚には〝考え方や技術が未熟だ〟との意味もあるのだと？考え方や技術が少しくらい未熟で何が悪いものか。若いってことはその幼稚さも含めての若さなのだよ。

考え方や技術が立派で上等で皆から尊敬されてて顔中シワだらけで細かい字が読み辛くなって四六時中耳鳴りが聞こえるわりには耳が遠くなり口の中はとっくに総入れ歯で常に高血圧で尿酸値も高く糖尿と塩分過多のバランスが悪く腰痛と目下の悩みが目の下のクマとなれば不眠症の夢ばかり見て一睡も出来なかった昨日今日のおかげで

句読点すら書き忘れているよりは考え方や技術が未熟で幼稚と思われようと言われようとそのほうが幸せだとは思わないかね。

いいえ。一気にここまで言えたのは不機嫌になったからではなくて嬉しくて楽しくて喜ばしい気分に感情が踊らされたからなのですよ。不機嫌な人は幼稚に見えるだの

たとえ少しぐらい
理性を失っても
片寄って
来られた
感情は
うれしいに違いない
勘定的にならない。
でも必要な
支払いくらいはしないとね

感情的にならないほうが良いなどと、まるで私を怒らせるようなコトバ掛けを掛けていただいたおかげとでも申しましょうか。

かんじょう【感情】喜怒哀楽や良悪など物事に感じて起こる気持。

かんじょうてき【感情的】理性を失って感情に片寄るさま。――（近くにあった辞書）

その、片寄る感情とは〝喜怒哀楽〟のこと。喜怒哀楽とは並んだ字をそのまま読んで「喜びと怒りと哀（悲）しみと楽しみ」他にも微妙な感情はあるのだろうが、まさに代表的な感情よっつ〝喜怒哀楽〟

並べかえてみる〝喜楽の怒哀〟……気楽の度合いと読める幸せ。

繰り返すようだが感情とは〝喜怒哀楽〟に代表されるよっつ。そのトップに位置するのが〝喜〟つまり喜びなのではない

か。そのトップの感情を差し置いて2番目の〝怒〟怒るが我が物顔に〝感情的にならないようにしよう、イライラと怒って不機嫌な奴は幼稚に見えるアホに見えるバカに見える〟とは、残りみっつの喜・哀・楽に失礼ではないかと言っておるのだ私は。

哀（悲）しみを表に出さず喜びを楽しんでいるような態度をとらなければオノレの怒りを抑えることができない、それが私の感情であり感情的であり喜怒哀楽なのだ。

何があっても動じない【泰然自若】ゆったりと落ち着いて平常と変わらないさま、態度。どんなに嬉しく喜ばしく楽しいことがあっても泰然自若としている奴が大人だとでも言うのか。無感動、無表情、感情を表に出さないのがそんなに立派か。嬉しく喜ばしく楽しいことがあったら人前構わず狂喜乱舞してみろよ。そのほうが周りにいる人にも喜ばしさ楽しさが伝わるだろうよ。たとえ小さなガッツポーズでも良い、喜びを伝えろよ馬鹿野郎め。大丈夫だ。不機嫌を装うことを楽しんでるだけだから。

［二〇一六年五月一五日］

もっと感情的になろうよ

会ってすぐいきなりこんなことを聞くのも変かも知れませんが正直に応えていただけませんでしょうか。今日の私……ちょっと不機嫌で幼稚でアホでマヌケでバカに見えませんか……ああやっぱりそうでしたか。ありのままの感想を率直に述べていただいてありがとうございます。やっぱり今日の私、ちょっと不機嫌で幼稚でアホでマヌケでバカに見えますか。やっぱりね。

実を言えば、数日前からずっと感情的になっておりまして。前にもお話をしたとは思いますが「感情」。「喜怒哀楽」の２番目だけを取り出した不公平・不平等『怒』だけにスポットを当てた「感情的」になっておるのであります、はい。

実はここだけの話。ちょっと意に反した集団の中に取り込まれまして数日間を過ごさなければならなかったのです。おかげで軽いウツと重いソウ……軽いソウと重いウツ……どっちがどっちだったかもわからない毎日でした。その詳しい話はさておき――

娯楽を学問として考えたことは一度もなく、当然の如く学問を娯楽として思ったこともない。いえ、世の中にはコレをやる人がいっぱいいて〝娯楽を学問として考える〟とはたとえば「哲学としての笑い」とか「笑いの深層心理」とか。つまりは楽しいはずの笑いを学問でこねくりまわしてちっとも笑えなくしてしまう類の本や学者。ね、いっぱいいるでしょ。その逆が〝学問を娯楽にする〟近頃のテレビはこればかりでしょ。一流大学を卒業したという芸人やらアナウンサーを並べて正解がひとつしかない学問そのものを出題して正解を競わせる〝娯楽番組〟とやら。個人的には学べませんし楽しくもありませんがムコウにとっては〝娯〟であって〝楽〟なんでしょうね。

　知的エンターテイメント。誰かがそんなことを言ってましたが〝知的〟をこれ見よがしに看板に掲げたエンターテイメントとはなんと胡散《うさん》臭い響き。実の息子だと信じ込ませて現金をせびるオレオレだかカフェカフェだかの特殊詐欺を思わせるその甘さ。

『いい人《ひと》をやめると楽《らく》になる』
この本を読んでいる人《やつ》を私はよおく知っているので
感情的に
大笑いしてしまった

牛乳を入れ過ぎたのではないかその珈琲。

　エンターテインメント【entertainment】(エンターテイメントとも)娯楽。演芸。余興。(広辞苑)。今さら娯楽、演芸、余興なる言葉、改めて辞書を引かなくても理解しているつもりだが「知的娯楽、知的演芸、知的余興」見る気も聞く気も傍に寄る気もないね。格上らしい芸人が格下らしい芸人をいじめているとしか見えない〝娯楽番組〟とか、何があっても目を剝《む》いて変顔を繰り返し奇声を発しているだけの芸人とやらしか出て来ない〝娯楽番組〟よりはマシだろうけど。

知的、高学歴、学識教養、知識知恵……どれも羨ましい字面と響きで迫ってくる。迫られているような気がする。

そう言えば近頃「……われわれ同様、ぼう〜ッとした奴が」と言わなくなりましたね、どんな与太郎が登場する落語でも。聞くところによりますと近頃の噺家《はなしか》、落語家の8割から9割が大学卒だそうで。それも名の知れた一流大学の卒業だそうで。そりゃ言えないわなあ「われわれ同様、ぼう〜ッとした奴」なんて物言いをしたら卒業した大学から何を言われるかわからないもの。絶対そうだ。

不機嫌で幼稚でアホでマヌケに見えますでしょ私。数日前からかなり感情的になってますからね。

［二〇一六年五月二九日］

落書き帖

○
心にもないことだからよどみなく言えるのだね
……いいえ私じゃなくて貴方

○
組閣この世は澄みにくい

○
ああ沈んでる
重い軽薄もあるんだねえ

○
給料全額返納いたしますから
……やっぱり給料として貰った金には全然手をつけていなかったのだな

○
舌の根さえ乾いてしまったら何を言っても許されるらしい
二枚の舌をお持ちなら両方の舌の根の乾きが必要だろうか

○
言い終えてその手もあったか黙秘権

○
源泉掛け流しと源泉課税
〈ゲンセンカ〉までが一緒
湯水を湯水の如きに使っても大丈夫の場合もあるらしい

○
強ければすべて許されるのか
発狂残ったとしか聞こえない、あのまわし者たち

○綺麗事……並べている小汚なさ

○清貧と金箔彫りの家訓額あり

○「おもてなし」聞きあきたけど――裏ばっかり

○堪忍袋の緒をゴムにする

○芳しき胡散の香り匂ふ秋

III ほうほう

「綿ゴミはゴミだが、ワタでもある」

昔は良かったと思いたくて

「うろ覚え」の「うろ」を漢字で表記しているのをしばらく見ていないが実は「うろ覚え」の「うろ」は「裏（うら）」が訛《なま》ったものであって本来は「裏覚え」。

つまり、正しく記憶しているのであればキチンと表面を覚えているのだから間違いも誤解も曖昧な部分もないのであるが、元々の元から表もろくに覚えていなくて、見たこともない裏の記憶までが表と混同してしまった状態を「うらおぼえ」と言った。そしていつしか「ウラ」が訛って「ウロ」になり、確実でない記憶のことを「うろおぼえ」と言うようになった。同じような訛りのパターンを当てはめると「頑張らう」と言っていたものがいつしか「頑張ろう」になったと思えばわかりやすいだろう——とは、まったくの嘘である。どちらが嘘でどちらが本当か「裏覚え」「頑張らう」どちらも嘘だ、作り話だ。

まさかこの話、信じてしまった人がいるとは思えないが、もしも私がこの話を他人様から言われたとしたら完全に完璧に何ひとつ疑うことなく納得して信じたに違いない。

これは、無知とか無教養とか学歴とか偏差値とか氏より育ちとか河童の川流れとか猿も木から落ちるとかとは関係なく、ただ単に人間として素直なのである、と思っている。

自分のことは自分でやる、やりましょうとは小学生の頃から言われていたこと。自分が素直なのか素直でないのかも含めて自分のことは自分で決めるとなれば誰から何を言われようと私は素直そのものだ。もしかしてはじめから心が曲がっているのではないかなどと疑問を持たれたら透かさず間をあけず間髪を入れず言葉を返してやる用意はある。

「心は誰でも必ず曲がっているもの。まっすぐな〝心〟などありえない。嘘だと思ったら都合4画である〝心〟をすべて直線で書いてみるがいい。長短の差はあれ、筆順とも無関係でいい〝心〟なる漢字を直線4本で書いてみてくれ」である。うふふ。心は曲がっていてこそ心なのだと理解していただけただろうか――綿ゴミはゴミだが、ワタでもある。屁理屈は屁かも知れないが理屈の一種であることは疑いようがない、と思えばわかりやすいだろうか。

私が極めて素直な性格であることを説明しようと思えば思うほど沢山の例と実証を必要とするのは何故だろうか。それは多分、大多数の素直でない人たちに理解してもらおうとしているからに違いない。おお、なんたる素直な結論にたどり着いた。為せば成るとはこのことか。必ずやの光明。必ずとは〝心〟そのものに右上から左下に斜め45度の直線を引いて打ち消すこと。これまた、なんたる素直な話の流れ。自分の素直な思考回路に感動すら覚えるほどだ。きちんと覚えておこうと思う。

うろおぼえ【疎覚え】の話をしようと思いながら〝疎覚え〟そのものに引き留められてしまい、まるで全編が閑話休題になったようだ。

エジプトだったかバビロニアだったか解読不能の古文書が見つかり、苦労に苦労を重ね、ようやく解読に成功して読んでみたら『近頃の若いもんは……』とあったとは誰の作り話だったのかの話が疎覚えで悩んでいた。

その古文書よりも更に古い時代のものと思われる古文書が発見され、ようやく解読に成功し、読んでみたらのっけから『むかしは良かった』とあった、とする作り話をするつもりでいたのに……思考が素直なばっかりに……。

［二〇一六年七月一〇日］

大往生の右往左往

ありきたりな思いと、ありきたりな言い回ししか出来ない自分にあきれている場合ではないが――

永六輔さんが逝ってしまった。数年前からパーキンソン病を患い、それに伴っての歩行困難からの転倒やら骨折やらで会うたびに身体が小さくなっていくのを見るにつけ、それなりの思いと覚悟はしていたつもりだがいざ、その報せを耳にしたときは、そのまましばらく思いが無言になっていた。

7月11日。月曜日の昼過ぎ。その電話があった。知りあいの東京の新聞社の記者からであった。それが……「永六輔さんが亡くなりました」ではなかった。「永六輔さんが亡くなったとの情報が入ったのですがウラを……確認が取れていないものですから……何か情報がありましたら教えてほしいのですが」

それは正に私が知りたいことであった。いいえ私も何も知りませんが、そちらのその情報はどちらから……はい……何かわかり次第こちらからも……そちらも何か新しいことがわかり次第……こちらに……。そして思いが無言になってしまった。

どうしよう。誰に確かめの連絡をすればよいのか。まさかご本人の自宅やら事務所

に問うわけにも行かず。おそるおそるKさんへ電話を。いつものように優しい口調で電話に出てくれたKさんが「……ああ、そちらの耳にも届きましたか……はい……実は7月7日の日に……今日の午後、夕方にご家族だけの葬儀を済ませ、その後にマスコミ発表をとのことですので……とのことでした……」

ありがとうございます。やっぱりのやっぱりだったのだ。今夜のTBSラジオ「六輔七転八倒九十分」のあとを継いだ「いち・にの三太郎～赤坂月曜宵の口」18時～19時30分の放送枠で第1報を流す予定。多分、番組の冒頭の発表になるだろうと思われます……その後のメールで教えてもらった。

　実は私も毎週月曜日19時から20時30分までのラジオ番組を青森放送で。いわゆる業界用語で言うところの「ニュースの解禁時間」が頭をよぎる。東京ローカルのラジオが18時に発表するニュースを、本来ならば耳にするはずもない青森ローカルのラジオが1時間遅れの19時、番組冒頭で永さんの訃報をお伝えしてもよろしいものであろうか。

　永さんの訃報で頭の中の思いは無口で無言になっているというのに、もうひとつの思いは今夜の自分のラジオの生放送の進め方に及んでいる自分が薄情なのか理不尽なのか、当たり前なのか当たり前ではないのか。思いが定まらない流れのうちに電話の呼び出しは先程の新聞記者サン「別の仲間の記者が別ルートで永さんの確認を取ったそうです……ので夕刊に間に合うように動きます。かっぺいサン何か永さんとのエピソードがあればひと言……」「……。」

そのうちに「今、テレビで永さんが……」と電話やらメールやらが次々に寄せられる。解禁はどうした……。

初めてナマの永六輔さんと会ってお話を交わしていただいたのはもう50年近くも前である。あの時も永さんは傍にいたし、あの時も隣に立っていたし、あの時のスタジオでは向かい合わせに……何から思い出せばよいのか何から思い返せば良いのか。

あわてて取り出した永さん関連の音源と思い出話の整理もつかぬ間にその夜のラジオ生放送本番。あの夜の放送をもし永さんが聞いていてくれたとしたらどんな嫌味を言ってくれただろうか……。合掌。

［二〇一六年七月一四日］

「無口な二人」一幕一景

決して忘れていたわけではないのだが、きちんと確認をしておこうと思い本棚から引っぱり出してみた。それは昭和52年3月1日発行になっていた。私の2冊目の自費出版本でタイトルは「落書きのつづき」ほぼ正方形のサイズで本編はすべて書き文字そのまま。活字は使われていない。

もっとも奇を衒《てら》っているのはページの付け方。目次を見ると「前書」にあたる部分が「序談で済まそ」とあって259ページから始まる。本編は255ページから253ページ……。つまり、読み進むに連れて数字が減って行く。「後書」が5ページ。奥付が1ページとなっている。

教科書などに採用すべきだ、あと何ページで終了するのだから頑張ろう！と学習意欲を鼓舞するに違いないと言い続けてきたが誰ひとり聞く耳を持ってはくれなかった。たぶんこれからも誰ひとり……。

本編は7章に分かれていて、それなりのタイトルが付けられた津軽弁の方言詩もどきを気取っている。

「今は夜毎チビチビ酒など呑んでいる時ではない。貯蓄だ。貯めで貯めで貯めで……まどめて呑むのだ」

「いやぁ別に酔っ払ったがら喋べる訳だが、

だからって大して気にして呉《け》。確かに私が悪がった。だからお前が謝れッ」

40年ほど前の〝作品〟を読み返している本人が心の底から同意している事実をなんとする。すでにススんでいたのか今もちっともススんでいないのか本人。

そのラスト章に「無口な二人」一幕一景とある。つまり戯曲、芝居の台本である。ご丁寧な「ト書」を少し整理して書きうつしてみたい。

戯曲「無口な二人」（解説風ト書付き）

一幕一景。

幕があくと舞台には何も無い。軽快でさわやかな音楽が流れている必要も特にない。舞台中央に一人の男がボケッと座っている。あくまでもボケッと座っている。しばらくして女が一人登場する。以下、男女の科白《せりふ》はすべて津軽弁風のイントネーションでなされなければ、ほとんどと言うより全ての意味は観客に伝わらないと思われるので注意を要する。女の登場を男は気付いていない。

女　の　（呼びかけ）

男　……　（気付かない）

女　の（もう一度）
男　ん（呼ばれた気）
女　の（繰り返し）
男　わ（私の事か？）
女　な（汝の事よ）
男　あ（なんだい？）
女　さ（恥ずかしそ）
男　ん（なんだよ）
女　い（恥ずかし……）
男　ん（なんなんだ）
女　い（別に……）
男　ふ（わからんな）
女　の（再び呼ぶ）
男　あ（なんだよ）
女　く（食べる？）
何やら食べ物らしき物を差し出す。
女　く（再び問う）

男　ん（気の無い……）
女　の（どっちなの）
男　く（食べるよ）
女　て（手を出して）
男　て（オーム返し）
女　て（そうです手）
男　ん（手を出す）
女　か（ハイどうぞ）
男　ん（受け取る）
女　け（食べなさい）
男　く（食べますよ）
女　め（美味しいか）
男　め（美味しいよ）
女　ん（良かった）
男と女ほほえましく寄り添う。静かに幕。
１９７９年にスタートしたＮＨＫＴＶ「テレビファソラシド」で紹介してくれた

のが構成演出の永六輔サン。女役は石川さゆりサンだったが男役は誰だったか覚えていない。どなたかご存知ないだろか。

［二〇一六年八月一四日］

［追記］男役は井上順さんであった。

「小さな悩み」の大きな喜び

寺山修司サンから直接に聞いたわけではないが、その著書の中のお言葉「ふり向くな、ふり向くな、うしろに夢はない」

いかにも詩人らしい〝お言葉〟ではあるが私なんぞは「本当だろうか」と、素直になれない。いいえ、寺山サンのお言葉がどうのこうのではなく、そのお言葉を自分に当てはめてみると「……もうほとんど前はないのだ。ふり向くなと言われても何かを見ようと思ったらふり向くしかないのだ。うしろに夢はないと言われても……少しぐらいは楽しい思い出が無いわけではない。それが夢かと言われれば夢そのものと言っても良いくらいだ。背伸びして明日を見ても何も見えないとしたら、せめてふり向いて過ぎ去りし夢の如きムカシを思って何が悪いのでしょうか」と、目の前に寺山サン本人がいても、いたら、直接に問いかけてみたいと思っているほどだ。

「過去の栄光にすがってはいけない」らしいが過去に少しでも栄光らしいものがあったのなら思いきりすがれば良いじゃないか。すがれる栄光が無かった人には真似すら出来ないのだから、ね。だれから何を言われようが本人が〝栄光〟だと思い込んでさえいれば、それは栄光なのだ。

　ほら、明日は真ッ暗で何も見えなくても昨日があるじゃないか老人には。20歳がどうした、30歳が何するものぞ。40年前の思い出ひとつ無いくせに――近頃、このような物言いにすっかりハマっている。アジな考え方に開き直っているとでも言うか。

　その栄光と思いたい栄光のひとつは優に45年はさかのぼる。日記の片隅に書きためた気の毒な生き物への熱き想い。題して「小

さな悩み」出だしのサワリを少し。
――人前サ出はれば思てる事の半分も喋れねってが。そりゃ何もアンダばかりの悩みでねぇ。言葉ァ喋れるのは人間だけなのだから、その言葉が出はて来ね様たば人間で無ぇでねがって。そりゃアンダ、思い過

ごしも良いどごだぁ。へば、言葉ぁ喋らね他の動物がみんな幸せかどうが、考えた事あるがぁ。例えば、例えば――

　赤面症の青ガエル。失語症のオウム。不妊症のネズミ。円型脱毛症の河童。蓄膿症のゾウ。カッケのフラミンゴ。無毛症の毛蟹。ギックリ腰の伊勢エビ。近眼のメガネ猿。ジンマシンのサバ。高所恐怖症のハゲタカ。鳥目のコウモリ。泣き上戸のワライカワセミ。虫歯のピラニア。歌を忘れたカナリア。足、全部がシモヤケの百足。チェックのシマ蛇。奥目の出目金。肥り過ぎたキリギリス。シャックリの止まらないカッコウ。真面目なカワウソ。猫舌の犬。色白のカラス。独身主義のオシドリ。働き者のナマケモノ。タカ派の鳩。ハト派の鷹。キリスト教のホッケ。舌っ足らずのカメレオン。扁桃腺のキリン。逆立ちしか出来ないカバ。タレ目のキツネ。出遅れた初ガツオ。愛国心のないハタハタ。蒙古斑点の消えない日本猿。流産したニシン。青森県で生まれた秋田犬……人前に出れば思てる事の半分しか喋れないって。思てる事の半分しか喋れないって事は、思てる事の半分近くは喋っているのだから……例えば、例えば……延々、まさに延々と続くのだこの「小さな悩み」たちが。

　この言葉遊びを絶讃してくれたのがアノ永六輔サン。この続きを御自分でも書き足して朗読、ＣＤまで発売したほど。ふり向けばこんな嬉しい〝栄光〟の思い出もあるのだよ私には。だから私、明日なんか無くたって昨日で充分。

［二〇一六年八月二八日］

上を向いて歩くと会えるか

大概だ事、時経でば見だ事聞いだ事、如何奇麗がだだ色コしてらたて徐徐ど薄ぐ白ぱちけで行ぐもだ故……

ほんの出だしの数行なのだが、これくらいが限度だろうか。声に出して読んでみようとしても少しばかりでは済まない無理が生ずるだろうし。

たげだごと、とぎたでばみだごときだごと、なぼきれがだだいろコしてらたて、だんだどうすぐしらぱちけでえぐもだばて……

すべて仮名文字にすれば、それなりに読めるだろうが、さて何を言っているのだろうかとお悩みの御仁もおられることと。

「大概だ事」に『たげだごと』、「時経でば」に『とぎたでば』以下同じようにルビをふるように重ねてみると、聞きなれない〝オト〟に識っている漢字が目に入り、その意味あいが何んとなくでも通じるはず……通じるはずだと思うのだが……通じましたでしょうか。

「世の中にあるおおよその事は時が経てば経つほどに見たこと聞いたこと、いかに奇麗な色合いを放っていても徐徐にその色合いは薄れ薄れてゆくものなのだが……」

はじめからこのように書いていれば無駄

な時間と労力をかけずに済んだものを。書くほうにも読むほうにも。

あの永六輔サンのお別れの会へのご案内をいただいた。『六輔　永《なが》のお別れ会』東京青山にある「青山葬儀所」その名はコトあるごとに目にし耳にする場所ではあるが

直接出向いたのは初めて。会は午前11時から千人を超える弔問客が集って進められた。よく見知った芸能人やら文化人に紛れて奥の隅に身を小さくしていた。なんだか場違いな所にいるような気がして。会は厳かにユーモアと笑いをまぶして進行されたのであった。

さて、同じ日の午後と夜。場所を赤坂にかえ〝赤坂ブリッツ〟なるホールで楽しくショー構成されたお別れの会が行なわれた。主催はＴＢＳラジオか。数日前。永サンのラジオ番組で知りあったディレクターからの電話とファックス。「……昼の部はごくフツーに松島トモ子さんとの対談で永さんをしのんでください。夜の部は冒頭の出番。つかつかと舞台中央に進みスクリーンの遺影に一礼。関東人にはおよそ理解できない

であろう東北弁（津軽弁）で2〜3分〝弔辞〟を述べて頂く。然る後に振り向き自己紹介。かっぺいサンが司会者を呼び込む。問われるまま、司会者と会場のお客様へ〝弔辞〟の日本語翻訳など」

日頃はトウキョウの人にもわかる津軽弁を心掛けているつもりでいたのだが、まったく逆の注文。そこで「大概だ事、時経でば見だ事聞だ事……」と相成った次第。

呆気《あっけ》にとられるとは正にコレか。〝弔辞〟の読みはじめに会場はドッと笑いに包まれた。どこの外国語にも当てはまらない言語に、それが弔いの辞であると知ってか知らずか。知らぬから笑ったのであろうが。

さても〝弔辞〟の続き。あの夜と同じ言語で表記すればさっきと同じ手間暇を喰ってしまうから一般的な日本語でその続きを。

「……思い出は時が経つに連れてその記憶は薄れて行くのが普通だが、永サンとの楽しかった数々の出来事は時が経てば経つほど、色合いが濃くなって行くように思えてなりません。何かのついでに、すっかり忘れていた思い出までが顔を出すような……（略）〝上を向いて歩こう〟〝見上げてごらん……〟などと皆に教えておいて自分は〝上〟に……そんな……」

［二〇一六年九月二五日］

津軽弁（方言）で遊ぶために

前にも何度か触れたことがあったろうか。10月23日は「津軽弁の日」。そうと決めて今年は29年目になった。29年もの長きにわたり〝津軽弁〟をチョシマシ（翻弄）して遊んできた。

日本国内はもとより世界中で絶滅危惧種扱いを受けている言語（方言も含めて）に救いの手を――とばかりにサミットやらシンポジウム、学術会議やら論文発表……私ら素人にはどこ吹く風、対岸の火事、他山の石とまで言ってよいのだろうかストカモネ（無干渉）。

方言（津軽弁）は汚い言葉だから使ってはいけないと言われていた中学校の図書室で見つけた高木恭造さんの「方言詩集・まるめろ」から端を発した方言（津軽弁）への軽い興味がそのままずっと続いている。そう、軽くて薄いのだ。だから、起源とか語源とか成り立ちとかを学問的に学ぼうなどとは微塵《みじん》も思っていない。薄くて軽い。

たとえばをたとえてみれば、だ。美味しい料理をご馳走になったら、その料理を美味しくいただくだけでよい。材料の産地やら隠し味の詮索《せんさく》やら調理の手順を知りたいとは思わない。目の前にある料理が美味しければそれだけでよいではないか、なのだ。

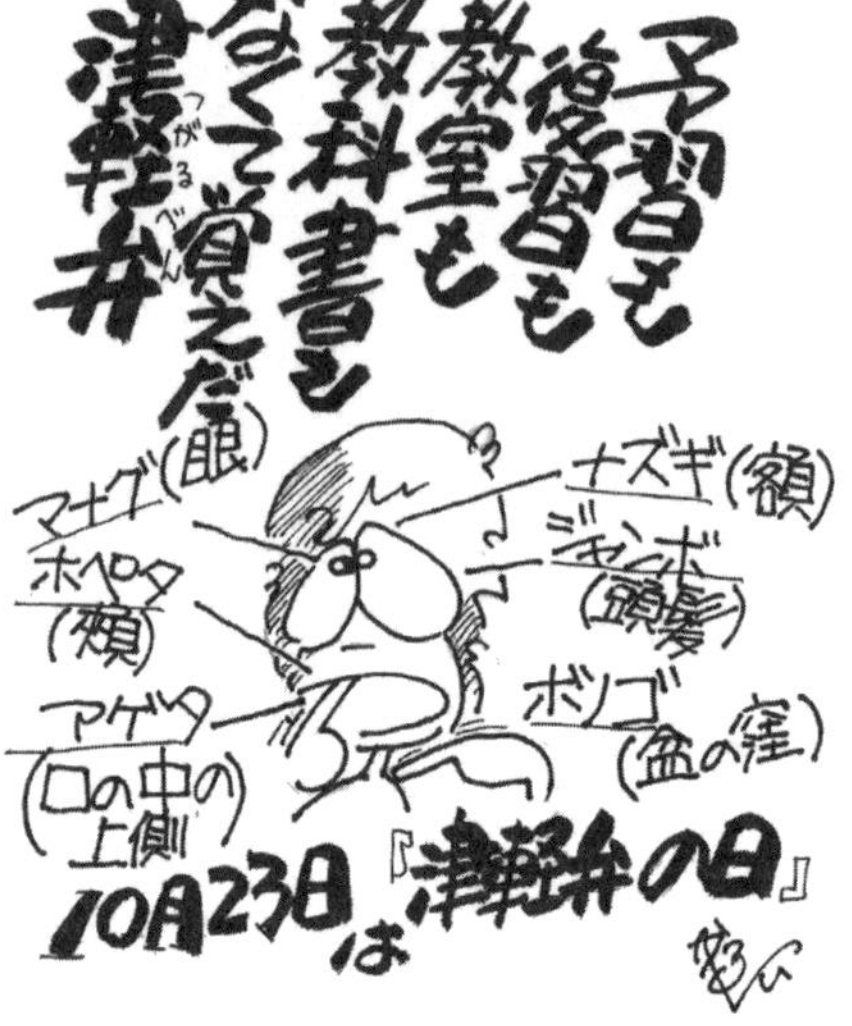
予習も
復習も
教室も
教科書も
なくて覚えだ
津軽弁《つがるべん》
マナグ(眼)
ナズギ(額)
ホペタ(頬)
ジャンボ(頭髪)
アゲタ(口の中の上側)
ボノゴ(盆の窪)
10月23日は『津軽弁の日』

軽くて薄い人間なのだ、私。エパダ（奇妙）にカダクラ（頑固）と言ってもよい。

眼科医でありながら作家であり詩人であった高木恭造さんの〝方言詩〟から標準語共通語と呼ばれる語と方言（津軽弁）との差異で遊ぶことだけを学んだようなものだ。済みません軽くて薄くて。尊敬を通り越して。

その高木恭造さんの御命日が10月23日。少なからず高木さんの作品に影響を受けたとする仲間たちと勝手に「津軽弁の日」を立ち上げた。業績を称えつつも、方言は日常語、生活語なのだからその会話に笑いを添えて楽しい〝語〟でありたい。これまた勝手に「賑やかな法事」とも。

当初は津軽弁への思いを語るような会だったのだが3回目あたりから短歌・俳句・川柳・詩を津軽弁で。津軽弁が核となってその体験談を教えて……と作品募集をし、発表と表彰の場となって今日を迎えている。今年の応募作品は過去最高（北海道から沖縄まで）２５２２作品が寄せられている。

繰り返すようだが方言（津軽弁）は日常

語生活語。学問の分野とは別物。面白可笑しく生きている〝語〟として楽しみたい。チョシテイル（弄《いじ》っている）。

個人的にも津軽弁とは軽く薄くの長いつきあい。たとえば〈オタル〉は疲れ果てることだから『札幌からオタルまで歩く』などと日記の片隅にメモしては悦に入っている。

〈ネマル〉とは津軽弁で座ること。純粋の津軽弁だと思っていたら秋田も山形も新潟も富山も石川も……日本海側の海沿いでも使われていて何処も「ウチの方言で」と言われ、ああ北前船が運んだのネ、マル――発見。

〈ノメクル〉とは前に勢いよく飛び出す意の津軽弁だと思っていたら広辞苑でたまたま見つけた。のめくる【滑くる】すべる。また他にはばかることなく自由に歩くさまをののしっていう。とあり、誹風柳多留《はいふうやなぎだる》の中に「針金をのめくって出る心太《ところてん》」とあるのだそうだ。江戸っ子もノメクッテいたのか。嬉しい。

軽くて薄いと自覚しての言葉遊びは楽しいぞ。「プロポリスとは本職のお巡りさん」だし「アスベストとは今日は手抜きで」となる。片仮名語は日本人にとって「方言」だとするのだ。

［二〇一六年一〇月二三日］

［追記］第1回「津軽弁の日」は1988年（昭和63）10月23日。

明日になれば明日になっても

純金製の自転車に銀メッキを施した自転車で黄昏時に無灯火でゆったりゆっくり街中を走っているような気がする。

勝手な思い込みの自意識だけは過剰で敏感で繊細だが、そんなことは誰も知らない判ってくれない見向きもしない。忘れられるほど覚えられてもいなかったのだし。

ギターを抱えて暖簾《のれん》を分け「……流しです」と声をかけたらすかさず「島かい？」と返され一瞬戸惑ったがすぐに気を取り直し、もう一度「流しです」と声をかけ、心の中では自分に確認する思いもあって「ただの、そんじょそこらの流しじゃないいよ、急ごしらえのトタンやタイルじゃないんだ。ステンレス製なんだからな」と強く呟いてみても何しろ心の中の呟き、誰にも聞こえやしないし届きやしない。

声に出して「……ステンレス製だよ」と言ってみたところで真面《まとも》で気が利いた応えが返ってくるとも思えない。

「流しです」とひと声かけ、ギターで哀調あるコードをひとつポロンと鳴らし「(ただの流しじゃないよ) ステンレス製だよ」と言ったら、これまたすかさず「サビまで届かないような歌なんか聞きたくもないけど」などと返されてみたいものだ。

六本も弦を張っておいて、ぐうの音《ね》も出ない出せないギターを抱えている流し。ぐうの音《ね》のぐうとはどんな音《おと》だろうか。腹でも減ったのか、愚かを音《おん》読みして少し流してみたのか、ぐうの音。少しは後ろめたいどうどうのめぐり。煮たり縒《よ》ったりと書いてみて「熱い湯の中で糸蒟蒻をひと口サイズに縒っている様子」を思ってみて『二人四人』と書いて「にたりよったり」と読んでもらうのは無理があるだろうかと今また思っている自分がいる。肩に暖簾の裾を乗せたまま。このまま水に流そうか。流れるだろうか。流せるだろうか。流されてしまいそうかも。

まるで、おとといの日記を丸写ししたような日記を今日の分として書いてみたって、せいぜいが、おとといは辞書で確認した黄昏《たそがれ》と暖簾《のれん》がそのまま書けたくらいの違いしかない。

思いのたけ。思いのたけを思うとき、必ず一緒に思うのは梅と松の場合だ。いつだってもっと素直に一筋に一途に一心不乱に思えばいいのに……思考の贅肉。

馬肥ゆる秋。馬だって肥えるのだ。たか

が天が少し高く見えただけで。この肥える肥えた馬に追徒する鹿もいるものだろうか。二匹揃って字に書いたようなものだ。二頭だろか。

その馬と鹿に追徒するかのような人間もいるのであって。その単なる（自分の都合による）喰い過ぎを天の高さや馬のせい、秋のせいにする。それを良しとする。太っ腹ですね。なかなか起きられない眠りを春のせいにするのと似ている。

この考え方、煮ても焼いても喰えないとお思いか。煮ても焼いても喰えないもの。それは刺し身だ。魚の身。煮れば煮魚、焼けば焼き魚になってしまうからだ。

□

この一文が出来るまでに1週間から10日を費やしている。読む方にしてみれば「それがどうした」だろうが、机の一角に原稿用紙を広げておき「気になった時だけ」数行ずつ書き足して行ったのだ。段落から段落に数日経ている段落だらけ。どこまで同じでいられるか、どこで心変わりするものかを自分で知りたかったから。

［二〇一六年一一月一三日］

落書き帖

○

〽せまい長屋も楽しい我が家

○

〽あさて　あさて
さても年金騙す誰

○

〽うさぎうさぎ　なに見ては、寝る
十五夜お月さま見ては、寝る

○

〽坊や縁故だ 入社しな

○

〽棟梁（かしら）の傷は一昨年の
五月五日の出入りの日

○

〽老けゆく秋の余
度々の空に

○

〽小さい空き家
小さい空き家
小さい空き家 見つけた

○

〽兎追い鹿の山　小鮒釣り鹿の山

○

〽ま……盛りがついて金太郎

○

〽ドはドレミのド
レはドレミのレ
ミはドレミのミ
ファはドレミファのファ
ソはドレミファソのソ
ラはドレミファソラのラ
シはドレミファソラシのシ
さぁ歌いましょう

○

〽ワシントコ広間の余は老けて

〇

〽よ……義理の彼方へ別れを告げ

〇

〽帽子もピアノが弾けたなら

〇

〽盛《も》り土《ど》と湧水《いずみ》に過去ばれて
……静かに眠ってなどいられない

〇

〽また会う――暇で

Ⅳ

ふむふむ

「ピアノは、ひいたことも押したこともある」

独り言に相槌を打ってみる

あ、まただ。テレビが言った。

「付近の住民は不安の色を隠せない様子」と言った。隠せない様子をカメラは映している。隠していないのだから全部見えるし全部見えているはずなのに私には、その不安の色とやらが〝何色〟なのかまだ理解していない。不安の色……一度でいいからこの目で確認してみたい。うちのテレビは何十年も前からカラーテレビなのに、だ。

「暦の上では……」いつもこればっかりだ。ふつうの人なら誰だって暦の上でなんか暮らしていないと思うよ。今現在の現実は「暦の下」なのだろうか。「暦の下」で暮らしている実感はないがなあ。

「抜けるような青空……」青空はどんな時にどんなふうに抜けるのだろうか。たまには抜けた青空とやらも見てみたいものだ。時折、自慢げにやってみせるスロー映像とやらで抜ける瞬間なんかも見せてくれたら嬉しいな。

「果てしなく続くまっすぐな水平線のように」と言った。この目で実際に見たことはないが、確か地球は丸いのだそうで。だとしたら水平線は真っ直ぐではなくて〝両肩下がり〟を意味するはずだが、と今日も思ってみる。

「タマネギとニンニクを細かく微塵《みじん》切りにして下さい」と言った。どれほど小さく小さく切れと言っているのだろう。微塵切りだけで細かく切ることだと思っていたのに〝細かく微塵切り〟となれば、ほとんどタマネギもニンニクも粉状にしなければならないのでしょうかと画面に目で訴えてみた。

あ、まただ。テレビで〝ラジオ体操〟をやってる。そのうち、ラジオで〝テレビショッピング〟をやるかも知れないネと独り言。うんそうだネと独り言に相槌を打ってみる。

「川上から流れてきた流木が橋桁に……」大変なニュースをお伝えしているようだが、流れてきたから、流れているから流木で、これがもし〝川下〟から流れてきていたら、もっと大きなニュースになっているだろうネ。うんそうだね。ついでに〝増水〟を、いつものクセで〝水増し〟と読んだ知りあいの土建屋サンの顔を思い出してしまった。

テレビでやってる〝汚染水〟と近頃やたら気になる〝残尿感〟が妙に重なった。耳が遠くなった分だけ小便が近くなったのも何かのつながりがあるだろうか。あると思う。

「特殊詐欺、特殊詐欺……」毎日毎日、詐欺と言ったら特殊詐欺のニュースばかり。ふつうの詐欺ってどんなのだったか忘れてしまっている自分が怖い。

　他人の事は言えないけど、滑舌の良くないアナウンサーだなあ。何度言っても「妊娠党」にしか聞こえないのだもの。口が訛れば耳まで訛る。近頃は身体もなまってきたけど。

「死んでも死にきれない……」のだと。いいなあ、ずっと生きていられるんだね。うん。

「お涙頂戴……」だと。誰がお前なんかにやるもんか、とつぶやいてみる。

「目を釘付けにする……」のだと。片眼だろうか両眼だろうか、いずれ随分と痛そうだね。

「目玉焼き……」あれだけ、あれほど言葉遣いに異常なクレームをつけたがる（誰とは言わないけど）……「目玉焼き」音声も映像も活字も気にしていないようで何より。焼くなら喰うなら必ず2個にしろッとかになりませんように。

　必要に迫られて「看護師」にしたおかげでいちいち「女の……男の……」となったみたいに。

　独り言に相槌を打ってみませんか。うん。

［二〇一七年四月二三日］

環境にやさしい丁寧な親切

「環境にやさしい鉄道コンテナ」と書かれた〝鉄道用コンテナ〟を2個積んだ大型トラックが次から次へと連なって目の前を通り過ぎて行った。

鉄道コンテナが環境にやさしいのであれば環境にやさしくないコンテナとは、どんなコンテナなのだろうかと思いながら目の前を次から次へと連なって通り過ぎて行く〝鉄道用コンテナ〟を2個積んだ大型トラックを見ている自分は環境にやさしくない考え方をしているのだろうか……などと思いながら、はてトラックはこれで何台になるだろうかと慌てて数え始めたりして。〝コンテナンコ〟〝こんな点呼〟いつだってひとつのことに集中出来ない自分をまた見つけてしまって。

「環境にやさしい鉄道コンテナ」などと書かれていないコンテナを積んだトラックが目の前を何台通り過ぎても何も思わなかったに違いないが「環境にやさしい」などと書いてあるからつい余計な思いを思ってしまった自分が妙に可愛いと思うことにしてトラックの排気ガスで深呼吸をしてみた。

テレビ・ラジオの天気予報の時間などで「警報・注意報は出ておりません」なるコメントを見たり聞いたりする度に「出てい

ないのであれば触れる必要がないのではないか」とは、何年か前の小欄で〝感情的〟になった記憶がある。覚えておいでだろうか。忘れていてくれたほうがありがたいが。

「熊出没注意しなくてもいいです。元々このあたりに熊は生息しておりませんから」とわざわざ看板を出すだろうか、だ。

「噴火注意しなくてもいいです。つい最近に作った盛土ですから」とわざわざ……。

「熱湯注意しなくてもいいです。元々、水しか出ませんし給湯の設備とも無縁の蛇口ですから」などとわざわざ……。

「左右確認する必要はありません。ただの袋小路。行き止まり。だまって元来た道を戻ってください」などと、これまた……。

警報注意報への引っかかり以来、何かと気になるポスター看板、表示の文言たち。

「冷たいビールありません」の手書きのビラと言おうかポスターと言おうか。これまた無いものをわざわざ……と思いながら傍に寄ってみたらもう1枚「冷たいアイスクリームあります」とあった。なんだなんだこの店は面白がって書いているなと確信して店長と覚しき男性に声をかけてみた。「冷

たいビールは無いんですよね」「はい。たくさんは無いんです。少しはあるんですよ缶ビール。1本2本であれば充分に冷えてますが何缶ほど差しあげましょうかね」「……ひ、ひと缶あれば」

　完璧に乗せられてしまった感ビール。あの時もし「冷たくないアイスクリーム」についての引っかかりがあれば何がどうなったのか今も時々思い出してはニンマリしてしまう。

「雨が断続的に降ったり止んだりを繰り返していきます」今日もまた丁寧を通り越した親切なコメントが聞こえている。ありがたいことだ。「彼女は中学生のとき同じクラスだった同級生です」と。絶対にまちがいのない同級生に違いない。何しろ中学生のとき同じクラスだったのだから。丁寧で親切だ。

　丁寧で親切で決して誤解を招かないのであれば通り越そうが取越し苦労だろうが〝思いの言い損《そこ》まちがい〟よりは遥かにマシだ。

　発言と撤回は何度繰り返しても良いだろう私の場合。辞任しなければならない立場にもないのだし。少しは環境にやさしく……かな。

［二〇一七年五月一四日］

借りたものなら返すべき

「自慢じゃないが……」で始まる話はほとんど全部が自慢話である。

「言いたかないが……」と前置きしての話は言いたくて言いたくてウズウズしている話である。

「ここだけの話……」と声をひそめての話はもうすでにあちらこちらでご披露済みなんだろうなと思って間違いない。

そこで、自慢じゃなくて言いたかなくてここだけの話――となれば……（ここでペンを置き2時間ほどの空白があった）

猟師が仕掛けた罠《わな》にカラスが捕まってしまった。そこをたまたま通りかかった若者が「猟師はカラスを捕るために罠を仕掛けたのではないだろう」と、そのカラスを罠からはずして逃がしてやった。

運よく若者から助けてもらったカラスは「鶴の恩返し」を真似、自分も何かしらの恩返しをしてやろうと思った。鶴が若い娘に姿を変えたのであればカラスにだって出来ないことはないだろうと、カラスは若い娘に化けて若者の家に出かけた。科白《せりふ》も鶴と同じように「道に迷ってしまいました。ひと晩泊めていただけませんか」で若者の家に入り込んだ。

若者に名前を訊かれたカラスは、これまた鶴といっしょの「つう」と名乗った。

その晩、若者が風呂に入るというので、ひとつひとつの行動がすべて恩返しになると思い「お背中、流しましょう」と一緒に風呂場の中へ。独り暮らしの若者はめったなことで背中をこすることもないのであろう。娘は若者の背中をこすりながらつい「あかぁ」と鳴きそうになりましたが無事思いとどまり、自分の胸をなでおろしました。

♪カラスなぜ
鳴がないの
山ハかわいい
子がいないのか
オンをオフで返してみる楽しさ
ON
off

これまた鶴の真似をして機織でもと。「決して覗かないでください」の科白も忘れずに伝えて。ところがこの若者、正直と言おうか律儀と言おうか真面目が過ぎると言おうか、娘から言われた通り、娘が機織をしている間は決して覗かない……ので、いつまでもずっと機を織っていなければならなかった。

「つう」と名乗ってはいるがこの娘、元はと言えばカラス。身体から羽を抜いては織りあげる織物はすべて黒一色。つまりはカラスの濡羽色。織りあげたすべての反物は、すべてが喪服にされて……。喪服専用の濡羽色の反物は評判もよく高く売れて二人

（？）は仲良く幸せにいつまでも……。一瞬でも覗いてくれればちゃんと「かぁ」と鳴いて可愛い七つの子が待つ山の古巣へ帰れたかも知れないのに。

若者が風呂あがり「お前もゆっくり入っておいで」といくら勧めても娘はザッと湯をかぶってすぐあがってくるのだが若者はまだ娘を娘と信じていたらしい。

いつしか年月も過ぎ、若者と娘は「つう」と言えば「かあ」の仲になったのだと。

ある日のこと。「つう」の目尻のシワを見て若者が「カラスの足跡だね」と言ったのを聞き、娘はバレたかと思ってドキッとしたとな。

うむ。久しぶりの嘘話。創り話。楽しかった。自慢じゃないが、カラスを英語でcrow（クロー）とは中学生の頃から知っていた。もしカラスの羽が白かったら英語でホワイトと呼ばれていたことも知ってた今さら言いたかないが。ここだけの話【雀】を辞書で調べると「スズメ目ハタオリドリ科」と出ていた。

鶴と烏。雀までもが。木下順二サンも知っていただろうか……などと思ってみる楽しさ。

［二〇一七年六月一一日］

［追記］「スズメ目ハタオリドリ科」この説明、広辞苑第七版には出ていない。なぜだろう。第六版にはあったのに。

昔々あるところに誰が……

「昔々あるところに」とくれば必ず〝お爺さんとお婆さん〟が出てくる、と思ったら大きな間違い――と書いてしまってから次を考えた。そんな考え方があってもいいのではないかと思っただけなのだが。

「昔々あるところにはあり、無いところには無い」となれば〝昔々〟とは限らず、今の今だって同じなのだけれど。金だろうが縁だろうが幸だろうが不幸だろうが、昔々あるところにはあり、無いところには無い……。たいして面白くもないか。

昔々わたしがまだ若く、子どもたちも小さかった頃。子どもを寝かせるとき、いっしょに横になって〝オハナシ〟を聞かせるお父サンであった。桃太郎やら浦島太郎やらウサギとカメやら。〝持ちネタ〟が底を突いてきたときほど話の聞かせどころ腕の見せどころとなる――

「昔々あるところにお爺さんとお婆さんがおりました。このお婆さんの妹がつい先日、川で洗濯をしているときに流れてきた大きな桃を拾って帰ったお婆さんで、お婆さんの妹もお婆さんなんだから、このお婆さんのお姉さんはもっとお婆さんで去年の今頃、ノリを舐めた雀の舌を切ったのは、このお婆さんであったとはあまり知られていない。

実はこのお婆さんのダンナは年下で今年60（歳）のお爺さんで村の渡しの船頭サンをやっているのだと。これはさすがのお父さんも知らなかったんだ。桃を拾ったお婆さんと、雀の舌を切ったお婆さんを姉と妹に持つお婆さんは元々この家のお嫁さんではなくて、前のお婆さんが亡くなったあとに後妻として……ゴサイが分からない？……ゴサイと言うのは4歳のお前が次の誕生日になったときのことなんだ。子どもが4歳で母親がゴサイで父親がムサイなんて世間にはいくらでもあることだから、よけいなことは考えずにサッサと寝なさい」

　はじめからツジもツマも無いのだから合うも合わぬもないのだ。眠りにつかせるのが主たる目的ではなく〝お父サンも子育ての一翼を担っている〟風を装っているだけの趣味の寝かせつけそのものだから時にハナシの成り行きで子どもたちの目はランランと輝き身も心も冴えわたり、ホロ酔いのお父サンが先に眠ってしまうことも度々であった。

「……そこでその目出度いコトバを全部並べて子どもの名前にしたのだと。寿限無寿限無、五劫《ごこう》のすり切れ、海砂利水魚《かいじゃりすいぎょ》の水行末《すいぎょうまつ》、雲行末《うんぎょうまつ》、風来末《ふうらいまつ》、食う寝るところに住むところ、やぶら小路ぶら小路、パイポパイポ、パイポのシューリンガン、シューリンガンのグーリンダイ、グーリンダイのポンポコピーのポンポコナの長久命の長助とな」

ご存知、落語の前座ばなし「寿限無」は、お父サンが中学1年のときに覚えたもの。大人になってホロ酔いくらいで忘れるものか。淀みなく出てくる寿限無寿限無……を子どもたちはすっかり気に入ったらしい。何度目かの寿限無ですっかり覚えてしまったようだ。ある夜〝新作〟を要求してきた（ギャラも支払わないクセに）。

そこで生まれた新作が「寿限無の家の隣りで生まれた赤ちゃんの名前」……「ニニガシ、ニサンガロク、ニシガハチ、ニゴージュー、ニロクジュウニ……」……さっさと覚えろ、次は3の段、4の段……しばらくはコレで持つ。ホロ酔いの自分を称賛した夜であったとさ。おしまい。

［二〇一七年七月九日］

どこ掘ればワンだろか

「ネットを買ったことはあるが、ネットで買ったことはない」——これは前にも書きましたかね「ネットを買ったことはないが、ネットで買ったことはある」子どもの頃、川遊び魚捕り、トンボや蝶々を捕まえるためにネット(網)を買ったことはあるが、まわりの誰もが買っているらしい〝ネット(網)で買い物〟とやらは、したことがない。

パソコンやらスマホの画面を指でなぞり欲しい品物を指定すればすぐにも、そのパソコンやらスマホの画面から、その品物が飛び出してくるらしいではないか。便利な世の中になったものだ——つい先日まで、本気でそう思っていた。いかにも簡単に容易に品物を注文出来るとかの宣伝ばかりが目につき、結局その注文された品物は生身の人間が家々の戸口まで運ぶのだと知ったのは、つい先日。

いえ、ホントです。わたくし、周りから思われているらしいほど捻《ひね》くれてもいなければ拗《ねじ》けてもいない。かつて「妄想だけの根曲りだけ」と表現したのは単なる地口を利用した謙遜と謙譲だと思ってほしい。

知らないこと、わからないコトがあるとすぐにスマホの画面を指でなぞって納得している若い人が羨ましい。何を何してどの

ような作業をすればソレを納得出来るのか納得していないわたしが悲しい。知らないこと、わからないコト（バ）は広辞苑と新明解でしか調べてこなかったのだから当然限界がある。国語辞典でもわからないコトは知らなくてもよいとさえ思っている……それ以上は先に進めないからの諦めでもあるのだが。

はなさかじじい【花咲爺】昔話の一つ。枯木に花を咲かせたという翁のお伽噺。愛犬報恩の物語に、欲の深い老人の物真似失敗談を加えたもの。室町末期か江戸初期頃に成る。（広辞苑）

やっぱり。国語辞典に出ていないから知らなくてもよいのかも知れないが、ずっと気になってはいて、それでも普段は忘れているのだが何かのはずみに思い出してしまうと、もう気になって気になって枯木に花どころでは済まない思いに到ってしまう。

この歌を覚えたのは間違いなく小学生の頃だろう。近頃の小学生なら聞いたこともない歌だろうけど。

「裏の畠でポチがなく　正直爺さん掘った

れば　大判小判がざくざくざくざく……」

歌の題もそのまま「花咲爺」続いての2番の歌詞は「いじ悪爺さん　ポチ借りて……」となる。

知らない、わからない、それを少しは知りたいと思ったらお近くのスマホの画面を指でなぞってみれば……作詞作曲者名、いつごろ発表された歌なのかもわかることでしょう。わたしには出来ませんが。

そこで物はついで。調べていただけませんかね、犬の名前〝ポチ〟

ぽち＝（多くポチと書く）犬の名前として広く使われた語。（広辞苑）

歌としての「花咲爺」に登場する犬の名は〝ポチ〟だが、わたしが買い集めた（書店の立ち読みでの確認も含めての）「はなさかじいさん」の9割方の犬の名は〝シロ〟あるいは〝しろ〟なのだ。

ポチとシロ。どっちが正しいのか間違っているのか。原作のときの名は。著作権が発生する場合があるとすればドッチ。わたしには調べる術がもう無い。そのスマホとやらで犬の名を取り寄せてもらえませんかね。

［二〇一七年七月二三日］

薬に付ける馬鹿に付ける

一酸化炭素に二酸化炭素を加えると〝三酸化炭素〟になると発表して笑われたのか叱られたのか……あれはいつ頃のことだったのかも忘れた。

あたり前のことだが、一酸化炭素に二酸化炭素を加えると何がどうなるのか、今もちっともわかっていない。わかったところで何か得するわけでもないだろうと思えば、わかろうともしないし。

同じ頃だったと思う。

50度の湯に、50度の湯を足せば100度になって沸騰するはずだ。正しい科学や化学は正しい分だけ楽しくない。楽しい算数の考え方のほうが面白い、などと遊んでいたものだ。

公園のベンチの両端に離れて座った男と女がいて「半分だけそっちに寄っていいですか」と男。「ええ……」と女。常に半分だけしか近寄らないとすると数字的には決して2人は寄り添えない、なんて話も大好きだった。

馬鹿は死ななきゃ治らない。死んだら治るとは誰が発見したのだろう。

馬鹿に付ける薬は無い。実はあるのだ。転んでチョット膝を擦りむいただけなのにバケツ3杯分ほどの量を塗らなきゃならな

疲《つか》れる　疲《つか》れた――『皮《かわ》』が『疒《やまいだれ》』だというのに　なぜ人間は骨を休めるのだろう

い薬。こんな薬が〝馬鹿に付ける薬〟だ。

痛み止めの薬を飲むときは必ず薬そのものに声をかけるようにしている「オレが今痛いのは歯だ。奥歯だ。奥歯の痛みを除去するためにお前を飲むのだ。間違っても〝頭痛〟とか〝生理痛〟に働きかけないで欲しい。うっかり作用先をまちがえて奥歯まで気がまわらなかったとしたら、オレは何のためにお前を飲んだことになるのだ」。

この薬の効能書きには確かにも「頭痛・歯痛・生理痛」とある。

そもそも〝痛み〟とはなんなのだ。生理痛の経験はいち度もないが頭と歯なら何度も痛みに苦しんだ。頭の痛みと歯の痛みは明らかに痛みの主旨、趣き、形態、種類が違う。違うと思う。

水などと一緒に運ばれた〝痛み止め〟の薬はとりあえず悩むのだろうか。「ご主人様はどこが痛くてオレを飲んだのだろうか、どこの痛みを消してほしくてオレを飲んだのだろうか」などと。

痛み止めの薬を飲んだのにチットモ効いたふうがない。いつまでも痛い。もしかしたら痛み止めの薬の勘違いとか誤解が元で。

てっきり頭痛に違いないとの思い込みで歯痛と生理痛まで気が届かずに……考えられなくもない場合だってないとは言えないだろう。

たいていの痛み止め薬の効能書きには「頭痛・歯痛・生理痛」とある。その種の薬にとっての〝痛み〟とはみな同じなのだろうか。何度も思う。痛むほうの人間にとってはまったく違う痛みだがなぁ。

だから自分の場合、痛み止めの薬を飲むときは必ず〝行き先〟を指示するのだ。その薬に聞く耳があるのかどうかは別にして。

食パンを喰うとき、いちいち「オレは腹が減っているのだからね」とは言わなくても食パンは空腹を満たしてくれる。食パンが向かうのはとりあえず胃袋へまっすぐ。行き先はひとつ。悩む要素はない。食パンの場合、特にミミは必要ないな、と思い到ってニヤリ。

偏頭痛、片頭痛。とりあえず片ッポだけで良かったね、と思ってみる。

骨身にこたえる。と言うことは、あらかじめ骨身から何かしらの質問があったのですね。

［二〇一七年八月一三日］

人間として常に謙遜と謙譲を

　ごく普通の当り前の常識を持った大人であれば、他人様とそれなりの関わりを持たねばならなくなった場合、当然そこには人間社会をうまく運ぶための暗黙の了解とも呼ぶべき約束事以前の礼儀を必要とするものであろう。

　これは自分が読み返すために書いているのではないのだからもっと素直に簡単にわかりやすく書くべきではないだろうか——と増々深みにはまって行くようで恐しい気もするのだが、気をとり直して。

　いい大人なんだから、他人との関わりを必要とするとき、それなりの謙遜・謙譲の意を表するのは当り前でしょ——つまりはコレを言いたかったのでありますが。

　近頃、コトあるごとに〝老人度〟をチェックするようなアンケートへの記入を求められる。向こうさまは良かれと思っての（単なる仕事かも知れないが）〝ご依頼〟だろうけど、当方それなりの大人のつもりだから何事につけ謙遜・謙譲の心を忘れてはならない、とそのたびごとに心構える。

　問1・近頃ひとりで友人の家を訪ねていますか——答……定年から何年経たものか、いちいち訪ねてご挨拶を重ねなければならない親しい友人など、もはや傍にはおりませんし、会社時代は上司も部下もおりませんでしたから盆暮れの気遣いも必要ない。淋しい老人にはすでに〝友人〟なる文字を見ただけで懐かしくて涙が出る思いです。

　問2・階段の手すりや壁に頼らずに登り降りができますか――答……何をおっしゃいますものやら。もうヨボヨボで畳のへりにも足を取られる毎日。手の指にも力が入らず箸や茶わんの上げ下げもおぼつかず、ペンや筆を握るのも一苦労。手すりがあっても満足につかまえられず、壁を触っても壁の感覚が確認できないありさまで階下にいたら終日階下に居たまま、2階にいたら終日2階にいたままの毎日がやっとなのですよ。お察し下さい。

漢字で書けないことはしない──だから
ケンソンも
ケンジョウも
しないと言ったら
ゴウマンは書けるのよね
と言われて──
傲慢……

　問3・今日が何月何日かわからないときがありますか――答……それはもう若い頃からわかりませんでバカだアホだと言われ続けてこのトシですから。

　問4・まわりの人からいつも同じ事をきくなどの物忘れがあると言われますか――答……同じような質問は前にもありましたよねぇと同じ人に訊き返したことをすっかり忘れてまた訊くことすらも忘れて、今わたしはどんな質問に答えていたのでしたっけ?

　問5・毎日の生活に充実感がない——答……毎日の生活が充実していれば、充実感など必要ないと思います。清潔感がなくても清潔であれば良いのだし、安心感がなくたって安心であれば問題はありませんよね。こんな屁理屈を並べるだけで日がな一日を過ごしている身に充実も充実感もないじゃありませんか。こんなアンケート用紙を老人目当てに家々をめぐって回収して歩く、さぞや毎日の仕事の充実感が充実していることと。羨ましい。

　問6・自分は役に立たない人間だと思うことがありますか——答……だから、せめてこの問い掛けにきちんと答えて何かしらの、アナタの仕事に貢献ができればと思ってはいるのですが、確かにもこの家の中で役に立っていないような人間が世の中、社会に役にたってはいないでしょうね。すみません。

　謙遜と謙譲に満ちあふれたアンケートへの記入は何かの役に立つのだろうか。心配。

［二〇一七年八月二七日］

小銭の思いつき

　いわゆる小銭入れ用の缶がある。なんてことはない、その昔に喰ってしまったクッキーが入っていた空缶だ。

　とりあえず外出から帰ると、ズボンのポケットに入っている小銭をその空缶に入れる。ずっとずっと昔からの習い性とでもいおうか。

　めったなことでぶ厚くなったりはしないがそれなりのサッ入れ用の財布は持ち歩いているが、この財布を小銭入れとしては利用していない。小銭の出し入れはいつだってズボンの右ポケットと決めていた。

　５００円玉も小銭と呼んでいいのだろうか。かつては立派な紙のサッもあったのに、今では右のポケット入りになってしまった。そのうち１０００円札も１０００円玉が当り前になってしまうと財布には入れてもらえず右ポケットに。もうすぐそんな時代が来るかも知れないと思うと……悲しいな。

　とりあえず今の今。同じ硬貨でも５００円玉、１００円玉なら、まだありがたみはある。ありがたみはあるが、めったなことで出かけるときにポケットに小銭は入れない。そのくせ、ちょっとした外出から帰るとポケットは1円5円10円玉でジャラジャラになってしまっている。もちろんその中

に５００円玉も混じっていたりして。

それが特にひどくなってきたのはアノ消費税とやらが出来てからだ。どんな商品にだって大抵は下1桁までゼロ以外の数字が並んでいる。今なら１００円のパンが1個１０８円。２個買うと２１６円。１００円のパンが１００円で買えた時代が懐かしい。

もっとも腹立しいのが居酒屋のメニューだ。飲みながらおおよその〝お会計お勘定〟が出来なくなってしまったじゃないか、だ。

とりあえずの生ビールが壁のメニューで1杯４００円とあれば……２杯飲んでも８００円、３杯飲んで１２００円……と頭の中。ところが２杯目を飲み干してよく見たら〝消費税別〟の文字を見つけてしまった。……ということは「1杯が４３２円、２杯で８６４円。３５０円だと思って注文した冷奴が実は３７８円で、６００円の焼魚が６４８円……嗚呼、素面のときだってこんな暗算は無理だ！」

その下1桁まで並ぶ数字を見ているだけで悪酔いしそうになる。だから、その悪酔いするような数字を忘れようとするあまり飲みのピッチがあがり、悪酔いかどうかもわからない飲み方と酔い方になり……ハッと気がつくと財布のサツがみんな小銭になってズボンの右ポケットに移動してしまっている。

そんなこんなの積み重ねで我が家は、あちこちに小銭の山。この缶は何十年前の小銭たちなものか。10円玉たちが緑青の接着剤を身にまとってのひとかたまり。それをそのまま醤油漬けにするとサビが取れてピカピカになると聞いて醤油漬け。なるほど新品同様のピカピカに。でも、醤油から取り出してしばらくするとすぐに元の緑青がらみ風に戻ってしまう。だから、きれいに醤油を拭き取り見た目ピカピカのうちに買物で使ってしまうのが賢いやり方だ。近頃はピカピカの小銭だけでの外出だってある。ポケットは出かける前から異常な重さになっているが。

これを〝硬貨拭こうか〟あるいは意図的な漢字変換で〝幸か不幸か〟とも表記する。つまり思いつきの種類としては〝猿増《エテ》えて〟〝得手不得手〟と同種の思いつきとなる。

思いつきに付加価値を、とは単なる言い訳で。世間一般には二番煎じとも言うらしいが。

［二〇一七年九月二四日］

粘りがち　その時サラサラは

知ってたつもりなら、まだ良いだろう。それなりに、それを気にかけていたことだろうから。

そんなこと、知るも知らないも気にかけたことすらなかったことが突然、目の前にあらわれた場合の驚きといったらない。「忘れがち」「曇りがち」「休みがち」とりたてて多く使用する言い方ではないであろうが「〇〇がち」なる言い方。自分の口から出ようが、誰かの言いまわしの中に出てこようが、取り立てて違和感を覚えたりはしない。

ところがある日。この「〇〇がち」の「がち」が「勝ち負け」の「勝ち」と知ったときの驚きと言ったらない。知らなかったのは私だけだったとしても、だ。

早い者勝ち。あぁ、遅い者の負けなんだな。一人勝ち。一人を除いて残り全員が負けなんだな。優勢勝ち。当然の如く劣勢の負けなんだろう。一本勝ち。二本目の出る幕はないのだろうか、三本目の立場はどう扱われるのであろうか……。

明らかに勝つか負けるかの判断に思い到るのであれば、その勝つか負けるか、勝ったか負けたかを納得するしかない。だがしかしだ。いつもの遊び心全開で言葉を探していったら止まらなくなってしまった。お付合いを。

あたまがち【頭勝ち】①並はずれて頭の大きいこと。あたまでっかち。②頭《ず》が高いこと。傲慢《ごうまん》。（広辞苑）

頭が勝ったのであれば、頭は何に勝ったのであろう……つまり、負けたのはナニ、ドコなのであろうの疑問が楽しい……ではないか。

ありがち【有り勝ち】世の中によくあること。……負けたのは世の中にあまり無いことに違いない。【蟻勝ち】であれば負けたのはキリギリスだろうけど。「ありふれた」のはキリギリスのバイオリンだろうかなど横道に逸れるタシナミも大事にしたい。

【遠慮勝ち】遠慮が勝ったのであれば差詰め、負けたのは傍若無人あたりだろうか。

【忘れ勝ち】覚えているのは負けたと判断されても文句は言えないのだろうが、この理屈、いつまで覚えていられるだろうか。

【曇り勝ち】晴れ間の負け。待てよ。雨や雪が降っているときも負けに属するのであろうか悩む。

【黒目勝ち】たいていは可愛い娘サンを指

して使うことが多いはずだが、この際、負けているのは白目になるのだろうけど、あまり可愛くない娘サンを指して「白目勝ち」とは言わない。可愛い可愛くないの判断に使われる黒目と白目。黒が勝ちとは珍しい。

【涙勝ち】負けたのは笑いか。面白可笑しいと宣伝するより〝何倍泣けマス〟と宣伝したほうが小説でも映画でもよく売れるそうだから「涙勝ち」「笑い負け」納得したくはないが、ここはひとつ涙を飲むとするか。

【休み勝ち】うっかり仕事に精を出し朝から晩まで脇目も振らず世のため人のため会社のために句読点も付けずに働くことは負けることと負けたことになるのだとは何んとも身にも耳にも心地好い響きではないか。もっと早くに知っておきたかった【休み勝ち】

【留守勝ち】家にいると負けらしいよ。

【遅れ勝ち】遅刻した人が勝ちということは時刻定刻通りに到着した人が負けか。

【倒れ勝ち】ちゃんと立ってると負け。

【湿り勝ち】乾いている方の負け。

【乱れ勝ち】理路整然の負け。大笑いだね。

［二〇一七年一〇月二九日］

とりあえずの書き込み

今の今の思いつきは確かに新鮮で、いかにもの思いつきだろうが、古い日記や古いノートに書き込んであるムカシの思いつきを読み直してみるのも悪くはない発見がある。

「握り飯《めし》を握る。この握り飯の具に握り飯を入れて握る」との書き込みを見つけた。

数年後に読み返したとき、なるほどなぁ面白いなぁと思ったが、もっとわかりやすく面白い表現があるぞ、と思いつきの上乗せをしてみたことがあった――

「コシヒカリで握り飯を握る。具はササニシキにしてみる」

確かにわかりやすい。子どもでも理解できるようだ。これ以来、古い日記やノートの読み直しが好きになった。

真蛸《だこ》、水蛸、飯蛸、酢蛸、茹で蛸なんてのもあったなぁ。「さて、青森県でいち番有名なタコは何でしょうか」古いノートにあった書き込みを見つけ、改めて居酒屋などで言ってみるが誰からも正解が出ない。おわかりだろうか「真蛸、水蛸、飯蛸、酢蛸……」ここまで蛸を並べられると人の頭の中は蛸から離れられなくなってしまうらしい。「青森県でいち番有名なタコは〝十和田湖〟です」どなたかでお試しください

『粉骨砕身《ふんこつさいしん》』とは
スペアリブの粉末《ふんまつ》だとノートに
書《か》いておこう

ませ。

日ごろからかなり親しくおつきあいをしている女性がいる（として）どんなに親しくおつきあいをしているとしても、ある日突然「胸を触らせて下さい」とは言いにくい（だろう）……胸は無理だろうが「近ごろプヨプヨしてきたのヨ」と自分から見せてくれた〝二の腕〟になら少しは触らせてくれるのではないだろうか。あれ以来、あの微妙なタルミの〝二の腕〟にすっかり惚《ほ》れてしまいました――『ここ惚れ、腕、腕』……とあった。

この話に花を咲かせるためには更なる一考を加えなければならないだろうと書き添えてページを閉じた。

支倉常長（はせくらつねなが）言葉遊びの常として濁音に気をつかわなくても良いとなれば並べ替え「加熱なセクハラ」。ついでに伊達政宗（だてまさむね）＝「さて、まだ胸」……少しは胸から離れたらどうだ、と書き添えてページを閉じた。

ある語句のつづりの並べ替えを〝アナグラム〟というそうで西欧では古くから発達

した言語遊戯とか。アナグラムのアナグラムを書いてみたら「あ、ムナグラ」……まただ。今度こそ棚の上に寄せてあげて。

いっとき、このアナグラム、語句の並べ替えにはまり、今でもいち番好きなのが「メタボリック」メタボリックを逆手に鼓舞して健康器具やら健康食品を売り込もうとする輩を称して「ボッタクリ奴（メ）」。

どうです。アナグラムにのめり込んでの痩せる思い。器具は紙とボールペンのみ。のみとはいえ思いつきを吐き出すだけ。

「鼠小僧です。兄の名は太郎吉です」こんな話をしても若者は無反応だ。鼠小僧に兄がいたか妹がいたかは問題ではない。兄がいたとしたら長男の扱いをして太郎吉としてみたらどうだろう。あえて鼠小僧の名を明かさずにおく面白さ。「日本作り話」とメモを書き足して次のページに進む。

「不正防止とは、正しくないことを防ぐのを止めることだ」「健康のために禁煙に注意しよう」「ピアノは、ひいたことも押したこともある」「亀の子だ、俺《わし》」「狂うものは拒まず、猿知恵は追わず」「この約束は紙に書いておこう。いつでも破れるように」

［二〇一七年一二月一〇日］

落書き帖

○

「笑わせるんじゃねえ」

「泣かせるよりはよいでしょう」

○

「何様のつもりだ」

「お互い様です」

○

「ツラ洗って出直して来い」

「ヒゲも剃ったほうがよろしいでしょうか」

○

「親の顔がみたい」

「わざわざ親の顔を見なくても姿形、顔もそっくりですから」

○

「十年早いッ」

「十年前にも同じ事を言われていたので、そろそろ口に出してもいいかなぁと、つい」

○

「お疲れさまでした。今日はまっすぐお帰りですか」

「いや、右に三回曲がって、左に二回」

○

「長い爪ですね。伸ばしているのですか」

「いいえ、伸びるんです」

「切るとか隠すとかしないのですか」

「はい。能がありませんから」

○

「お酒を飲むと何か芸をしますか」

「飲み過ぎれば今でもゲエはします」

○

「ねえ知ってたかい。〈僻地〉の僻って〈僻み〉の僻と書くんだね」

「うん、知ってた。〈爪弾き〉と書いてツマビキと読むらしいのだが同じ〈爪弾き〉と書いてツマハジキとも読むって知ってたかい」

「ううん知らなかった」

「少しでも自分に関わりがありそうなことは覚えておいた方が良いと思うよ」

「うん（覚えたくもないが）」

○

「人生の荒波を泳いできた」

「そのわりには偉くなれなかったね」

「うん、ずっと平泳ぎだったからね」

V

またまた

「年寄りの冷水、若者のぬるま湯」

止めると止めるが止められない

「続けていたものを止める」「それを止めることができない」「止めるなら止めれば良いじゃないか」

自分の手で書いていながら混乱してくる。はっきり言って嫌いなのだ「止める」。これが出てくれれば必ず2度読み3度読みをしてしまう。つまり「とめる」と読むのか「やめる」と読むのか出くわす度に思いが止《とど》まる。歩みが止《と》まる。読むのを止《や》める。止めたくなる。

「止」たった4画のくせに「める」やら「まる」を従えて好き勝手に登場する。

たったの4画。何年生で習った字だったかまでは覚えていないが誰だって同じような思いだろう。みんなが読めると思うから、みんながアチコチで使う。まったく違う読み方になるのを意識してか、してないか。たぶん意識もせずに使っているに違いない。それが証拠に「止める」と「止める」めったなことで、ルビはされない。黙読の場合ならいざ知らず（間違って読んでも恥はかかないが）声に出して読んでいる時の「やめる」と「とめる」は大きく違う。

「病める時も富める時も……」「止める時も止める時も……」むつかしい画数の多い漢字の方がチャント読める。まさか「ビョウめるときもフめるときも」と読んだ人はおるまい。

「喧嘩を止める、喧嘩を止める」「運動を止める、運動を止める」「告白を止める、告白を止める」さぁて、すべてを正しく音読できたでしょうか。この際、どれが正しくてどれが間違いはないのですが——どのように読んでも書き手の思いと違うとなれば、どのように読んでも間違いデスと指摘されれば、それっきり。だから「止める」を好きになれない。

「まったく違う読み方《かた》」「画数の多い漢字の方《ほう》が」これを「読みほう」「漢字のかたが」と読んだ方はいないと思うが「方」。

「方」これもたったの4画のくせに（漢字の画数にはなんの責任もないと思うが）「ほう」と「かた」が好き勝手に登場する。

「勇気のある方……」「酒に強い方……」「女に弱い方……」

「ほう」と読むか「かた」と読むかで微妙を通り越す違いが出てくる。しかしながら、これまた誰もが知っている字だろうからと、めったなことでルビは振られない。黙読で恥はかかないが音読では……「止める」と

『消《け》しゴム』は
『消《け》すゴム』の方が
正《ただ》しいとする
考《かんが》え方が
止められない
一味《いちみ》ちがう
唐辛子《とうがらし》

同じような思いをしてしまう方で、これも2度読み3度読み。悩む方なのだ。

忙しい時だってつい、どうでも良いことに立ち止まってしまう性格《たち》なのに年末年始のあっけらかんにプカプカ浮かんでのどうでも良い言葉の贅肉に酒もからんで。

【恥】はじ。漢字ひとつでハジなのに、どうして【恥ずかしい】では送り仮名が「ずかしい」となるのだろう。そのままその気で読むと「はじずかしい」が正しいだろうに。【恥】を辞書で引いたら「恥じること」とあった。そのままその気で読むと「はじじること」じゃないのか。「はずかしい・はじること」が正しい表記なら【恥】ひと文字は【は】としか読んでいないことになる。

いいえ、国語の先生からの正しい経緯《いきさつ》、由緒来歴、懇切丁寧な分析やら学問的根拠に基づく解説や御講義などは求めておりません。

可笑しいね面白いねと思ったことを、そのまま可笑しいね面白いねと思い続けていたいだけなのだ。そんな私でよかったら今年もよろしくお付き合いを。思いは止められない。

［二〇一八年一月一四日］

一味唐辛子の謎を追って

本当にあった泣ける話より、嘘でも笑える話が好きだ。3倍泣けます、4倍泣けますが謳い文句の商品（映画・小説など）には決して近寄らない。手に取らない。

だまって生きていても悲しいことや苦しいことは向こうからやってくる。自分から進んでやることは面白いこと楽しいこと以外はやらない。

どうしてもやらなければならないことで、何やら悲しくて辛そうなモノは如何に工夫したら面白く楽しく出来るかに思いを馳せる。

一人暮らしを始めた頃からのこの思いは今も変わっていない。かれこれ50年になる。

この世に生れて来る人間には必ず何かしらの役目が課されているものだ、などと誰かに言われた時、即座に「私の場合、何があっても笑って済まされるコトだけをやっていれば良いとの役目を課せられておりまして」と応え、何度覚えてもすぐ忘れ、どんなに酔っていても読めるのに、どんなに素面でも書けないヒンシュクを漢字の顰蹙で買った。あの時の消費税はまだ3％だったか5％だったたか。いずれ、買った私が払わされ……泣けた。

本当にあった泣ける話より、嘘でも笑え

笑《わら》いより
涙《なみだ》が
好《す》きだ
と言《い》う人《ひと》の
気《き》が知《し》れない
気が知れない人ばっかり―

る話が好きだ。何があってもこの信条に迷いはない。嘘なら笑える嘘が良い。バレてもバレなくても笑える嘘が好きだ。

　マヨネーズを材料にして生卵を作る工場が岩手県にあるって知ってましたか。知らなかったのなら今覚えて誰かに言ってみてください。信じる人は信じるのです。信じる者は救われる……前に騙される。このフレーズも大好きだ。暗いと不平を言う前に、すすんでサッサと寝ましょうね。これと同じくらい好きだ。

　納豆の豆の部分とネバネバの糸は別々の工場で作られ、出荷直前に合わせてひとつの商品とするシステムが秋田県にある。知ってましたか。知らなかったのなら……。

　安価な無臭ニンニクが出回っているらしい。これは収穫の後で〝ニンニク臭〟なる特殊な液体を注入する手間を省いているから、その分安く売れるらしいと青森県のあるニンニク農家から聞いた話だ。知ってましたか。知らなかったのなら……。

　小さな缶入りの〝一味唐辛子〟。同じメー

カーのもので缶の大きさも同じなのに〝一味〟のほうが〝七味〟より値段が高いのを知っているだろうか。読んで字の如くカタヤ7種類の味の寄せ集め、カタヤたった1種類の味なのに〝一味〟のほうが高いなんて。

　聞いて極楽見て地獄。聞くと見るとは大違い。なぁに、わざわざその〝唐辛子〟の製造工程をその目で確かめる必要はあるまい。簡単な説明ですぐにも納得するはずだ。

　異なる味を複数寄せ集めての〝七味唐辛子〟その配合や組み合わせはメーカーによってそれなりのご苦労があることだろう。質やら割合にも気をつかって。そんなこんなでようやく〝七味唐辛子〟が完成する。

　ようやく完成したこの大量の〝七味唐辛子〟を平らな板の上にバラ巻く。そして複数の従業員が〝一味唐辛子〟で必要とする〝一味〟だけを選りすぐる。その繊細でデリケートな作業たるや。素人には想像を絶する手間と暇が費やされるのだ。この、従業員への思いそのものが価格に反映されるのだそうだ。知ってましたか……。

　本当にあった泣ける話より、嘘でも笑える話が好きだ。好き過ぎて涙が出る思いだが。

［二〇一八年一月二八日］

笑えない健康法を笑う

口裏を合わせる、のだと。

単純に思ってみても結構大変そうだ。お互いの両手の人差指を口の中に突っ込み、口の裏を表側に向けてからでないと合わせられないのだろうから。口裏を合わせる。口を合わせようとするなら表と表が簡単そうだ。

水面下で語り合う、のだと。

魚でもあるまいしと思ったが果たして魚同士で何か語ったりもするのだろうか。水面下で語り合う。人間のことだとすると何か道具、たとえばアクアラングなどを必要とするものなのだろうか。何しろ、水面下で語り合ったことなどないものだから。

鼠小僧の兄が太郎吉という名だったって知ってたかいと、ある大学生に聞いてみたら、鼠小僧そのものを知らなかったのでハナシは次郎吉にも届かず会話は途切れてしまった。

好い男は苦み走っているとか。苦みの速度はどれくらいで、単位は時速でよろしいのだろうかと、その場にいた3人に聞こえよがしに呟《つぶや》いてみたが3人とも聞こえてない素振りをした。

痒《かゆ》くないところにしか手が届かない。よかったね、痒くないのだから掻く必要もないだろうし。片腹痛い。よかったね、両方の腹でなくって痛いのが。

「年寄りの冷水」に相並び、相対するのが「若者のぬるま湯」だろうと思っているがどの〝ことわざ辞典〟にも出ていない。

「鬼のような人」がいるってことは「人のような鬼」もいるのだろうね。人のような人、鬼のような鬼だけでよいと思うが。日本酒のようなワイン（?）、ワインのような日本酒（?）。日本酒のような日本酒、ワインのようなワインでよいと思うのと同じだ。

生まれてこの肩、一度も凝ったことがない。若い頃から人生の荒波に揉まれていたからだろうか。

ポンコツラーメン……どこかにきっとあるような気がする。きっと近くに。

ついにガンを告げられましたよ。眼がすっかり老いてしまったらしく「老眼」だと告げられてしまって。……お前、話す順を逆にしてくれないかな、はじめに「老眼」と言ってくれればさほど驚かなくても済んだだろうに。

いくつ笑えましたか。ひとつも笑えな

ネコ背《ぜ》の猫《ねこ》が
『なえ〜』と鳴《な》いた
その猫
字《じ》が読《よ》めるのだ
なえ〜

かったとはお気の毒に。お気の毒とは身体にもさぞや毒だったことと。

笑いは健康に良い、とする学術論文を何度書いても何度読まされても聞かされても、健康のためにはチットも役に立たないと知っていただろうか。笑いで健康長生き、笑ってストレス解消、笑いで生活習慣病予防、笑いが心や身体に及ぼす効果や健康との関連性をいくら列挙されても解説されても、何時間聞かされても読まされてもチットも可笑《おか》しくも面白くもなくクスリとも笑えないのであれば、〝笑いが健康に良い〟が聞いてあきれる。

本末転倒が二度と起きあがらない起きあがれない。意地に讃して語録七転八倒苦闘のあがき。

だるまさんがころんだ。どうなったか次の3ツの中から選びなさい【三択】①痛くて泣いた。②すぐに起きあがった。③いい香りがした。答えは③……ころんだ瞬間「オーデ（おお痛《で》）」と言っても言わなくてもだ。

選択肢が更にふたつ増え①から⑤の中からひとつ選べ……こんな【五択】なら思いきり並べたててみたいものだ。研究して病気になるよりも笑って健康でいたい。笑えればね。

［二〇一八年二月一一日］

朝から晩まで雪と氷に囲まれて

2月も下旬に入ったというのに寒波やら大雪のニュースがあとをたたない。

加齢による体力の衰えにまるで寄り添うように精神的な衰えがついてくる。中でも寒さなどは身も心もいとわない。若い頃なら、降り積ろうとの魂胆見え見えの降雪にも果敢に挑み、額の汗など見向きもせずにスコップとシャベルで遊んだものだが、今の今となっては額に汗する前に疲労が優勢して家の中に入ってしまう。すぐに背中丸めてコタツに手を突っこんではテレビのリモコンを。


なんだなんだ。朝昼夜、時間を気にせずすべてのチャンネルで〝雪と氷〟しか映していないではないか。しかも、氷の上で若い女が半袖の服で何やら漬物石のようなものを滑らせ、これまた半袖の若い女たちがホーキを持って石の周りを懸命に掃いている。そんなに汚れているようには見えないのだが。

寒さこらえてよく見ていたら相手チームがせっかく入れた丸の中の石を、自分たちの石をぶつけて外に出そうとしているらしい。なんとも意地悪で意地汚いルールとしか見えないのだが、たぶんルールブックにはそんな言葉は使わないで書いてあるのだろう恐らく。何しろ、世界の〝オリンピック〟の冠がついたスポーツ大会らしいし。

昔いち度、仕事がらみで高校野球の試合を観戦したとき、始める前に選手宣誓とやらで「正々堂々と戦います！」と言っていたくせに私にはよく理解できない状況で1塁にいた走者がアウトになり「なんだ？なんだ？」と連れに訊いたら「隠し玉だよ」との事。その時も今もそのすべては理解していないが「正々堂々と戦う」と言っておきながらなにやらコッソリ隠しておいてのアウトはないだろう。「正々堂々」のちゃんとした正しい意味をアノ高校生たちは知らされていないに違いない。そのあと「振り逃げ」とやらで塁に出た選手がいて、これまたよく理解していないが「……逃げ」なんてのも「正々……」からはずれるような気がして……うむ、まただ。自分の石1個で相手の石2個も丸の外へ出したぞ。出された方の身になってチャンネルを変えたら。

これまた氷の上で超が付くほどのミニスカートをはいた若い娘が跳ぶは跳ねるは回るは跳ぶは。パンツのことなど微塵も思っ

ていないのだろう。これもある種の「正々堂々」なのであろうか。風邪などひかねば良いが。

極めて個人的な肉体的精神的な理由でスポーツ・運動とは無縁で今に到っている。知人が選挙に立候補したときでさえ一切の運動に関わらなかった——何度も使ったネタだが。

だから、と続けて良いのだろうか。スポーツ・運動に関してはまったくの音痴。門外漢。素人そのもの。仕方なく、雪片付けの合間などで接しなければならないとなると他人様からは思いもよらないであろう見方、考え方、思いで接している。

数日前にも見るべき、見たいチャンネルがなく仕方なく「ジャンプ」とやら。よくもまあ、あんな高い所から滑り下り、あそこで坂が急に無くなって……そりゃまぁ跳ね上がるしかないだろうが、よくもまぁ怖くないで跳ねれるものだ。おお、次は日本人選手らしいではないか。アナウンサーがそれなりの経歴やら実績を絶叫している。この選手とは親戚なのかもしれない。「今、もっともナミに乗ってる！」……よくは知らないがこの時この際の言葉遣いとしては「カゼに乗ってる」の方が良くはないのだろうかと独り者。また雪だ。

［二〇一八年二月二五日］

ご質問にお応えします

むかし昔、ある処に私がいました。

いいえ、たいした話ではない。こんな出だしはどうだろうと思って書いてみただけだ。

むかし昔、ある処に私がいました。

いつ頃どこだったのか時も処も覚えていないのだが、そこに私がいたことだけは確かなのだ。ついでに、言わずもがなだが〝むかし昔ある処〟とくれば普通〝おじいさん・おばあさん〟と続くものだが、この際ここにいたのは私であって〝むかし昔〟なので当然まだ〝おじいさん〟ではない。まだ若かった。私にだって若い頃があったのだ。

私は突然のように声を張り上げて言った。

「……この東北みちのくで何故だろうか何故かしらと思い悩むことは大きく三ッの入口から入れば大抵は解決できます。まずひとつ目は〝物〟です。何故ここにこんな物があるのだろう……たとえば豪華絢爛な雛人形が雛壇といっしょにひと揃いとか。異常なまでの細工を施した琵琶やお琴が奥の座敷の床の間にさりげなくとか。何故ここにこんな物があるのだろうの答えは〝北前船〟北前船の成立ちや運航状況状態はさておき、東北北海道と上方を結んでいたかつての海の新幹線により、京大坂の〝物〟が東北のひょんな処にあったりするのであります」ひと呼吸おいて。

「……ふたつ目の何故だろう何故かしらは〝地名〟です。どうしてこんな字を書いて、とても自分が知っている日本語の響きとは思えない地名。たとえば岩手県にある夏油と書いてゲトウ。夏油温泉。青森県下北半島にある奥戸と書いてオコッペ。奥戸

答《こたえ》はひとつです
問題《もんだい》を10個《こ》作《つく》りなさい
〝問題〟なのだから
Q個のほうが良いだろうか

村。どこがどうなって何がどうすればこんな響きの地名が出て来るのだろう。そんな、こんな質問を受けたら迷わず〝語源はアイヌ語でしょう〟と応えておけば、たいてい逃げられます」ここでもひと呼吸。あまり長い間を取ると思いもよらぬ指摘や即答返答に窮する事態を招く恐れがあるので注意を。あくまでもひと呼吸を目安にサッサとみっつ目に。

「みっつ目は〝貧乏〟です。貧乏がもたらす原因や結果は様々考えられますが今は〝食〟にしぼって話を進めてみましょう。たとえば米が思うように育たない獲れない、だから代わりに蕎麦を育てる。その蕎麦すら日常で腹いっぱいは食べられない。その腹いせかどうかは別にして時に何かしらの理由を見つけて何杯も何杯でも喰える

ようにしようじゃないかとして生まれたのが岩手県の〝わんこそば〟今ではすっかり観光名物のひとつになったが、何故このような喰い方が生まれたかを思うとき貧乏で腹いっぱい喰えなかったから――この説は妙に腑にも胃にも落ちる、落ちませんか。そしてもうひとつ貧乏がゆえに生まれたのが青森県八戸市を中心に、これまた今ではすっかり名物の位置にいる〝せんべい汁〟です。その昔、サバの水煮の缶詰にありあわせの野菜を入れて煮込み（主食だったか副食だったかまでは頭がまわらないが）ハフハフと喰っていた（らしい）サバの水煮の缶詰の魚肉など、煮込んでしまえば何んの歯ごたえもない。牛肉豚肉を入れる金がない。そこで残っていた煎餅のカケラを入れて……どうですこの理屈と説明は。妙に説得力がありませんか。今ではすっかり味も具材も進歩を遂げて何よりですよね」

東北の何故だろう何故かしらは〝北前船〟と〝アイヌ語〟と〝貧乏〟この三ッツで総ての解決につながる――むかし昔、ある処に居た私の独壇と偏見〝東北なぜ物語〟いかがだろうか。

［二〇一八年三月二五日］

芸術家になりたい心底

そのとき心底「芸術家になりたい、芸術家になれば良かった」と思った。

なぜに突然、芸術家になりたいなどと思ったのかと言えば、たまたま立ち寄った東京のデパート。そんなに広いスペースではなかったが何とかギャラリーとか。何気なく足を踏み入れたそこで見た絵だ。作者の名前は知らない。何を描いているのかもわからないその絵は20センチ四方くらいの小さな絵が十数点。1枚3百万円とか5百万円。しかも、すでに売約済となっている絵が何点もある。

私にはコレッポッチもその絵の良さが理解できない。良さどころの前に、何を描いてあるのかすらわからない絵なのに、だ。

こんなのが数百万円の値で売られている買われていると知れば私でなくたって誰だって〝芸術家〟になりたいと思うだろう。もしかして使われている絵具が1色につき50万円とか60万円なのだろうか。だとすれば私なんぞは絵具1色すら買えないけど。

その昔、高校生の頃だったろうか。教室での図画は水彩絵具だけ。油絵の油絵具とはどんなものなのだろうか……田舎にもそれなりの専門店があり、その売場に出かけてびっくりした。水彩絵具のチューブよりひとまわりくらい大きいだろうか、たったそれだけの大きさで……いまも忘れやしない、赤色1本で5百円だった。5百円あれば24色の水彩絵具がセットで買えた時代である。無理して見栄張りその気になって油絵具〝赤色〟1本買ったところで、火事の絵はおろかマッチ1本燃える絵すら描けないであろうて。赤色1色5百円と知って以来、油絵具とは無縁のまま。

色の付いた絵を描いてみようかなと思うときは、子どもたちが残していった使い古しの水彩絵具で十分間にあう。それも、出来るだけ水で薄めて……すぐ無くならないように。

芸術家とやらになればどんな作品でも高く売れるとは限らないことくらいは知っているつもりだから思いを改めることにする。ただ単に芸術家であれば良いのではなく〝作品が高く売れる芸術家になりたい〟いくつになっても志は高く正しい夢でありたいと思う。心底思う。

しかし、水で薄めた絵具で描いたような下手な落書き風の絵はとりあえず何を描いてあるか誰にでもすぐわかる。すぐわかるような絵は決して芸術の類ではないだろう

から決して高くは売れない。せめて言葉を添えて笑ってもらおうか、と。最近の作では少し評判が良かったのは──

「馬鹿じゃないのかと言われたら〝人を疑うもんじゃない〟と応えよう」

「馬鹿と断定されたら〝あんたには敵わない〟努力しますと応えておこう」

「正直者が馬鹿を見るとは限らないよね、今の今、馬鹿が正直者を見てるし」

「馬鹿は死ななきゃ直らないなんて昔からの言回しを下手に信じないで、生きているうちに直そうよ、まだ軽い今のうちに」

「逆立ちしか出来ない河馬がいるらしい。逆立ちできなくても、それが出来るアンタは偉いね」

「来るほどの頭か刺さるほどの胸か。揺れるほどの心か、言えるほどの口か」

「感情的にもなれなくて生きているって言えるか」

誰にもわかる絵と誰にもわかる言葉をかいているうちは芸術家にも文学者にもなれないらしい。誰にもわかることをやっているうちは高額取引は無理らしい。おのれ。

［二〇一八年四月一五日］

権威があるから失墜する

サラリーマンを定年退職したあとは……などと問われもしていないことまで言い訳をする必要はないか。毎日必ず複数の新聞に目を通し、政治経済は言うに及ばず世の中のありとあらゆる出来事に精通している御仁はどこの会社にもいたし、今もいるだろう。

サラリーマンを定年退職し、有り余る暇が余暇と余暇の合い間にもあると言うのに一紙すら隅から隅まで目を通したことがない。サラリーマン時代からして政治経済とは無縁だったから新聞一面トップは大抵どこ吹く風の話題ばっかり。株式市況より今日の天気、降るのか降らないのか。天気が気になるとはいえモスクワが雷だろうがホノルルが雪だろうがブダペストが雨だろうがどうでも良い。青森の平《ひら》のサラリーマンには何の関係もない。

元々スポーツとも無縁なので野球も相撲もゴルフもサッカーもよくわからない。知人が選挙に出ても何ひとつ〝運動〟に参加しないのも自慢のひとつで、はい。無縁と言えば文学とも文芸とも無縁に等しい。原稿用紙に向かって使う言葉だって推敲に推敲を重ね、無駄な言葉を削除するのではなく、その場その場で思い浮かんだ言葉をどんどん上乗せして贅肉だらけにして御覧にいれるのをヨシとしている。まさに御覧のように、だ。

　そんな私だが一週間ほど前であろうか。見るとはなしに見ていた新聞の一面トップの文字にびっくりしてしまった――

「ノーベル文学賞見送り」とは何がどうしたと言うのだ。セクハラ醜聞、信頼回復に時間……セクハラ・漏えい、選考主体・性的暴行疑惑、評価損なう、権威失墜を懸念……その後に収穫した様々なコトバたちはどれを取ってもアノ「ノーベル文学賞」と結びつくとは思えない。ノーベル賞とセクハラ。ノーベル賞と性的暴行疑惑。……文学作品の内容がセクハラに関するもので、そのストーリーやら結末が発表前に誰かから誰かに漏えいしてしまい選考主体の権威が失墜したのではないのだろうかの……懸念。なのかなと思ってみたのだが、まったく違った。

　もうすでに皆様、お聞きおよびお読みおよびだとお思いですので別に今更、選考委員メンバーの配偶者によるセクハラやら情

報漏えいなどのスキャンダルが元で事務局長の辞任に発展……「ノーベル賞」の持つイメージとはおよそ懸け離れた下世話な出来事を今ここで繰り返す必要はないものと。

ロクに新聞も読まない、文学とも文芸とも無縁の私が何故「ノーベル賞」に、ここまで興味を示しているのかだが、実は心ひそかに期待の念を持っていたのだ、持っているのだ。それは何に対して、とおっしゃるか。よくぞ聞いていただいた。今年こそはと毎年話題にのぼるアノ有名作家の受賞ではないのは確かだ。待ち望んでいる方には申し訳ない。

小説は一編も書いたことがない。だから小説を対象とする賞とも無縁だ。あの芥川賞やら直木賞。中身はよく知らないが本屋大賞とやらも小説か。書いたことがないモノは決して受賞の対象にならない。だからと言って小説を書こうとか書けると思ったこともない。

ボブ・ディラン氏はノーベル賞が欲しくてシンガー・ソングライターを続けていたのではない（はずだ）毎年その道の方々しか知らない人が受賞する（ようだ）……ならばそろそろニッポンの東北の誰も知らない〝贅肉探し物書き〟に「ノーベル文学賞」をとなっても可笑しくはない。「見送り」とは残念だ、うん。

［二〇一八年五月一三日］

間尺に合う人生を

改めて思うほどのことではないのかも知れないが、生きてきたし生きている。自分が猫や犬ではなく人として生きてきたし生きているとなれば単純に〝人生〟と呼んでいいのだろうか。いいだろうね。人生とは、人がこの世で生きていること。私が思う人生とはそれ以上でも以下でもない。

いかにも波瀾万丈で特異特殊な生き方をしておられる方を、お堅いドキュメンタリイタッチのカメラが執拗に記録し、記録されている……そんな人生とは無縁の身。素直に人として生きていて生きている。人生を哲学とか道徳とか歴史とか語学で思ったことなど一度もない。

「あの人はなぜ人の道を踏みはずしてしまったのでしょうか」「それはね、ずっと人の道を歩んできたからですよ」「……？」「人の道を歩んできたからこそ踏みはずしたとたんに人の道からはずれます。これがもし、ずっと人の道からはずれた処を歩んでいたとしたら、踏みはずしたとたんに人の道に入り込んだかも知れません」「踏みはずして、さらに踏みはずす場合もありますね」「はい。どんどん人の道から遠ざかる場合が往往で」「けもの道を選んで歩く鹿や猪などは決してその道を踏みはずしま

せん、と知りあいの馬と鹿が言ってましたものね」「馬と鹿がね」

ふだんからあまりモノを考えない身としては、たまたま目の前を通った〝人生〟なる言葉についても、こんな笑い話ですすべてを片付けてしまおうとする素直な自分がいとおしい。

「ああ、ついに人生のどん底に落ち込んだらしい」と思った時、足元の下から人の話し声が聞こえる。「なんだ、まだ下があったのか」と少しは安堵。安堵とは、エンドに似た響きもあるが素直にアンドと読んで、さらにこの先もあるぞと思えるしあわせ。「泣いてもイッショウ、笑ってもイッショウ。なんとか両方合わせて〝五合〟ずつにならないでしょうか」の笑い話が若い人に通じない。

日本古来の尺貫法を禁じ、すべてはメートル法にしておきながら、たまに飛行機に乗るとパイロットがマイクを握り「……ただいまの高度は○○フィート」法律に従い、ちゃんとメートルに直して言ったらどうだ。尺貫法をメートル法にしておいてフィートは容認しておるのか。テレビの音声が聞こえている。打ったボールが何ヤードで残りが何ヤードだと。尺貫法を禁じ、すべてはメートル法にと言いながらゴルフのヤードは許すのか、許しておるのか。

　すべてを尺貫法に戻せとは言わないが、飛行機の高度とゴルフの距離はとりあえずメートル法に従ったらどうだ。尺貫法にもメートル法にも失礼ではないか。尺貫法が作られた時代に飛行機もゴルフもまだ無かったから。メートル法はいつ頃作られたかなんて知りもしないが。

　フィリピンのタガログ語で〝飛行場〟はエアポートと言うのだと。それは英語であってタガログ語ではないだろうヨと訊いたら、タガログ語が作られた頃、飛行機も飛行場も無かったからだ、と昔、フィリピンパブで聞いたことがある。

　似てるかどうかは別にして尺貫法とメートル法、フィートとヤード。桜二分咲き、三分咲きは前にも触れた。寸分狂わぬ司法行政立法でなければ日本人として間尺に合わぬ。90センチ下がって影踏むぞ。この考え〝人生〟踏みはずしてますかね。人生、成行き成行き。

［二〇一八年五月二七日］

脳梗塞に詰まった納豆について

脳梗塞は脳梗塞と表記してほしい。何かの都合で〝脳こうそく〟とか〝脳こう塞〟などと表記されると、なんだか普通の脳梗塞より軽い症状なのではないかと思ってしまうじゃないか、と思ってしまう。

いきなりの閑話休題ぽくて恐縮だが、こうも毎日見かける〝忖度〟も、そろそろ平仮名に直したり、わざわざルビをふらなくてもみんなが読めるようになったのではないかと思っているのだが、どんなものだろ。何かの都合はそれをも許さないのであろうか。

話は忖度でなくて脳梗塞であった。私がその脳梗塞で入院を強いられたのは平成15年の11月だったから、そろそろ15年にはなるか。早いものだと改めて。軽い目まいと足元のふらつきで近所の医者に連れて行かれ、軽い検査のようなあとで「ソク入院」と言われ「足だけの入院ですか」と問い返したことは今でも覚えている。少しの間があって医者は「……全身です」と言った。

なんやかやありまして約2週間で退院となった。そのとき2種類の経口薬を渡された。1日3度、食事のあとに。1カ月ほどで薬がなくなりまた病院へ。そのときに先生にお伺いをしてみた——

「この薬は何故2種類で、何に効く薬なの

ですか」「ひとつは血をサラサラにする薬。もうひとつは、この薬を飲むことによって胃に負担をかけるから、胃薬です」「……Aの薬を飲むからBの薬も飲まなくてはならない。ならば、Aを飲まなければBを飲む必要はない、のですよね」「……そういうことだ」

「Aを飲まなければBを飲まなくてもよいのであればAを止めましょ。するとBも飲まなくてよい。なんも飲まなくてよい。めでたしめでたし」で一件落着。あれから15年。

それでもいささかは血のサラサラを気にして、普段の食事で気をつけようとこれまたお伺いを。あのとき聞いたのが納豆。スライスオニオン。鮪の赤身。どれも嫌いじゃない。前からも食べていた。食べていたのに脳梗塞になったのは何故だろうとは考えないようにしよう、と少しは考えた……。男は黙って納豆、玉葱、鮪の赤身だ。

そして、いつにも増して熱い御飯に納豆のっけて食べ続けている身に今更急に、どこの誰が言い出しやがったのだ。熱い御飯に納豆は身体によくないのだとか。熱い御飯は納豆の栄養を消すとか壊すとか。熱い御飯は血のサラサラにも悪影響を与えているのだろうか。15年やらせておいて何を今更、突然に。

科学と検査と研究の進歩によって……またそこに逃げやがるのか。15年間食べ続けた納豆代は誰に請求すればよいのか、だ。

知らないうちに脳梗塞に戻って近づいていたのであろうか。玉葱の薄切りに新たな研究の進歩は影響していないだろうか。あまりに薄くスライスすると（丁寧な薄切りだ）血をドロドロにするとか。醤油をかけると老化が進むとか、オニオンの芽にも涙だとか、生玉子と一緒に食すると親の死に目にあえないとか――。玉葱の新たな研究成果も隠さずにさっさと発表してほしい。

実は、鮪の赤身は生の大根と一緒に食すると醤油とワサビに反応して頭痛と腰痛の原因になるとか。研究と検査が進歩することに異議はない。さっさと教えてほしい。素人はいつだって専門家の意見を信じてきたのだ。忘れかけていた脳梗塞が納豆に塞がれた思いがした。

［二〇一八年六月一〇日］

答はひとつの問題を作れ

答はひとつじゃない。

ああ、そうですか。もっとよく考えろと言う訳ですね。似たような問い詰め方をされたのは一度や二度では済まないはずだ。

少しくらいズレていたり違っていても答らしい答が出るとサッサと次へ行ってしまいたくなる性格なのだ。問題によっては、少しくらいのズレ、それだけで明らかに間違いになってしまうのだが、それでもヨシとしてしまうおおらかな人柄で——では済まない場合のなんと多いこと。それをモノともせずに生きてきた生きていると私のようになる。必要を通り越すおおらかな人柄。緻密の無駄。

答はひとつだ。

そのひとつの答に向けて問題を10個作りなさい。うむ。こっちのほうが面白そうだ。面白そうだとはいえ、単純な算数を思い浮かべてしまうとはあまりにツマラン。

答は〝5〟問題を10個作れ。1足す4は……2足す3は……3足す2は……6引く1は……7引く2は……10個どころか、この場合の問題だと数限りなく正に無数にある。98引く93……10割る2……いっそ小学生低学年を集め「答は5、問題を50個、早く作った人の勝ち」とでもしたほうが面白

猫《ねこ》に真珠《しんじゅ》
豚《ぶた》に小判《こばん》
牛《うし》の耳《みみ》に念仏《ねんぶつ》
穴《あな》の鼠《ねずみ》を改《あらた》める
大きいか
小さいか
チュー

いかも知れない。

答はひとつ。問題を10個作れ。答は「暖簾《のれん》に腕押し糠《ぬか》に釘《くぎ》」さぁて、問題を10個作れ、だ。

何かある毎にすぐ「証人喚問せよ証人喚問せよ」と騒ぎたて、いざ証人喚問の場に臨んでも「記憶にございません」のひと言で総てが通過してしまう。暖簾に腕押し糠に釘……。

「記録がございません」このひと言で総てが通過で、暖簾に腕押し……。間違っても「まだ書き直しの最中で公に出来るような記録にはなっておりませんで」などとは言わない。

「刑事訴追の恐れがありますので」これもよく耳にしたひと言。これを言われてしまうと同じような質問はもう出来ない、似たような質問にはまた「刑事訴追の恐れが……」となればこれまた暖簾に腕押し糠に鎹《かすがい》、豆腐に釘……と書いても誰も気にとめない。

同じようなこと、似たようなことを何度も繰り返されると人はいちいち丁寧に立ち止まらなくなる。たぶん〝暖簾に胸押し〟と書いても大方は気付かない。もう何度も出てきたアレだな、と思ってしまうからだ。

「暖簾に腕押し」

　最も身近なところではコノ〝言葉の贅肉〟欄だ。まだ書いているのか、また書いているのか、それだけで読みもせず通過してしまう人のなんと多いことか多分。またか、と思わせておいて手応えを得るために、布だと決めつけているだろう暖簾を鉄板に変えておいてやろうか、などと思ってみる楽しさ。

　答はひとつ、問題を10個。暖簾を腕押しさせるために更なる贅肉。

「健康のため禁煙に注意しよう」なるほどとお思いになりましたか。「鷹が鳶を生む」ルビがないと、漢字の字面だけについ。

「ご家庭で不要になったトイレットペーパーがございましたら古新聞古雑誌と交換いたします」それがどうした昨日も来たぞ、か。

「人を憎んで罪を憎まず」罪だけだと何もできない、そこに人間がからむからそんなことになるのだから憎むとしたら人だろうよ。

「デッキ付近も禁煙……デッキそのものは良いのだな」と解釈。拡大なのか縮小なのか。

　答はひとつ。問題を10個。答の暖簾を更なる問題にしてあげて余暇と退屈をもてあそぶ。

［二〇一八年六月二四日］

落書き帖

○

【酸性多数】

或る借りは返す、有る借りなら返す——賛成。

○

【図画杜撰】

右利きなのに使い慣れていない左手で描いて、思いがけない味が出たと自慢している人がいた。自画自賛。

○

【熟毒甘味】

糖尿病対策のひとつとして、その甘さ、その甘味は身体にとって毒であろうか。よく考えてじっくりと摂取すべきか排除すべきかを思うこと。

○

【煤煤粉塵】
古民家とやらの解体作業が急ピッチで進められているとか。獅子奮迅。

○

【取捨洗濯】
洗わなくてはならない物と洗わなくてもよい物を日ごろからきちんと分けておく。

○

【先生攻撃】【生徒防衛】
「先制攻撃」「正当防衛」と書く場合もあるらしい。学校から離れると。

○

【大同小異】

まあ理屈から言えば大体同じようなものなのだが、どうせなら男も女もしゃがんでみたらどうだ、の意味かも。

○【前途多産】
産めよ増やせよと煽ったばっかりに、そんな時代もあったらしい。

○【大願情事】
大きく願えば叶う（こともあるらしい）。

○【艶聞過多】
もしかしてこれも身体に毒なのか。

○【誤植騒然】
ずっと昔から、活字が使われるようになってから今に至るまで〈よくあること〉と思えば、騒ぐな、だ。

Ⅵ

おやおや

「曲がりなりにも真っ直ぐに生きて来た」

読み返すたびに感動する……

ひとり暮らしを始めた時からだ。退屈しのぎのための日記を。日記だから必ず、今日は何時に起きて何をして何時に横になるなどと書いていたかと思ったらとんでもない。

今日は何をしたかの記録ではなく、今日は何をしようか、何をどうしてくれようか、どんな思いつきを思いついてやろうか、こんな思いつきを思いついたぞの記録だ。あくまでも思いつき。思いつきとは主に〝いいかげんな考え、気まぐれな発想〟そのものだ。

「真面目腐るだと。真面目を腐らせてどうしようと言うのだ。どうせ腐らせるのであれば真面目より不真面目を腐らせたほうが、真面目にとっても不真面目にとってもよろしいのではないか」などと書いてある。

「宝の持ち腐れ……持っているだけで腐ってしまうモノなんて元々、宝などと呼べるモノではなかったのではないだろうか」これまたなるほどと思わない訳でもない〝思いつき〟ではないだろうかと自画自賛。

「腐っても鯛、そりゃそうだろうな。鯛が腐ってニシンやサンマになった話は聞いたことがない。鯛だってこれくらいアガメ、タテマツられているのなら、せめて腐ったらニシンやサンマになってやれば良いものを。わりと気が利かない魚なのかも知れない。腐ってしまった鯛よりは新鮮なアジやイワシの方が遥《はる》かに鱒（マス）だ……訛《なま》りで許される範囲の表記であろう」〃親父〃と呼ばれる前の若者だった頃の表現でも親父ギャグだろうか。

　思いつきには傾向も対策もない。誰に読

んでもらう予定も希望もないから、どこにも遠慮も会釈もない。「定年退職……悠久休暇」としてある。「沖縄に二泊三日……琉球休暇」とあった。「智恵子抄を思うとき、うっかり口に出すと〃塩胡椒〃にしか聞こえない」

　証拠とはそんなに大事なものであろうか。「目の前に出された証拠に論（つまり出まかせでも構わないから口先き）で勝ってみたいものだ心底」この思い今も変わらず、だ。「願えば叶うなどと何の根拠もないコトバを迂闊《うかつ》に言うな。願いが叶った奴らからしかハナシを聞いていないだろうが。願っても叶わなかった人数がその何十倍何百倍もいるってことぐらい、すぐにもわかりそうなものだろうよ。たとえば10人で走って1等賞はたったの1人。残りは全員2等以下だろうよ」

かつての自分が書いたとは思えないほどの説得力がある。前日、あるいは前夜にどれほどイヤな目にあったのだろうか。日記には楽しいことしか書かないぞ。決めていたからこそイヤなことは言葉と見方を変えて書いてある。それを忘れるため、あえてホコ先を変え〝悪いのはオレじゃない〟に逃げている。なかなかに立派な態度と言っても間違いではないだろう。自分が言っているのだからなおさら間違いはないだろう。「失敗は成功の元なのだから、失敗をしなければ決して成功に辿《たど》りつけないのだぞと言わんばかりの教え方は間違っている。失敗に次ぐ失敗で、ずっと失敗のまま失敗した人の何と多いことか。自分のこととして思えば身も心も痛いほどよくわかる。これまた、成功した人の話を面白くするためにあえて失敗談を聞き出したいだけだろうて」なるほどだ。

「夢は叶う……前に目が覚める」「飛んでいる鳥は落とすな、起きている子を起こさなくてもいいように」「敵に塩を送る。どんどん送って敵を塩分過多にしよう。ついでに砂糖もどんどん送って糖尿病とやらに」

［二〇一八年七月一五日］

仏に会うための地獄行き

地獄で仏——それはまたありがたいことではあるが、逆の場合もあるだろうなと思ってみると、天国あるいは極楽での〝鬼〟となるのであろう。

地獄で仏。不幸中の幸いと同じような意味だとすれば〝幸い中の不幸〟だって立派に存在するはずだと思ってみる暇さかげん。ことのついでに〝地獄のサタンも金次第〟と書いてみる楽しさ。鬼と悪魔の正しい差異すらわかっていないままに。

ことのついでに。

思えばコレだけでモノを思いモノを書き留めてきたのだなと改めて。たとえばを今日の場合で言えば〝地獄で仏〟があり、そこから天国極楽、鬼と悪魔がサタンにつながり、泣いている鬼がいたら是非とも〝来年の話〟をして笑っていただきたいと思い、青鬼の場合も生れてすぐは〝赤ちゃん〟と呼ぶのだろうか、などと思いが立ち止まる。

天使——全員が白衣ではないだろうがイメージでは白衣。必ずしも看護師と重なるわけではないが何となく子どもを思ってしまい、ことのついでに〝天使の手羽先〟は塩とタレのどちらが合うだろうか、などと思いが勝手に遊びはじめる。

にんぎょ【人魚】上半身が人間（多くは

女人）で、下半身が魚の形をした想像上の動物。（広辞苑）……多くは女人とは、少ないけれど〝男人〟もいるってことか。誰の想像に出てきたのかは知らないが私は想像したくもない〝男人の人魚〟なんて。初めて女人の人魚を想像したのは、いつ頃で誰なのかは知らないが、その時代にすでにブラジャーがあったのかどうか、これまたコトあるたびに知りたくなるひとつだ。私なら、あえてブラジャーは想像したくないと思うからなおさらだ。

　バクなる動物は本物を見た記憶がまったくないが〝中国で想像上の動物〟となれば、形は熊で鼻は象、目はサイで尾は牛に……ああ勝手に想像してれば良いじゃないか、だ。私ならもっと単純に〝卵に目鼻〟〝炭団に目鼻〟でも良いが。現実が複雑で良くわからないことが多いのだから、せめて想像上だけでも単純明快でありたいものだが、バクが自分で見ている悪夢を食べて目を覚ます、なんて夢を見ている自分が楽しい。

　きりん【麒麟】これまた、いきなり〝動物園にいるアノ首の長いおなじみの動物〟とは出てこない。〝1日に千里も走る

……〟とか〝中国で想像上の……〟とか。馬偏だったり鹿偏だったり、これまた漢字ひとつでシロウトを悩ませる。

　喉元過ぎれば忘れるという熱さ。私が思うキリンの喉元はどのあたりなのだろうか。あの長さ全部が喉元だとすると、ずっとずっと熱いだろうね気の毒に。気の毒と身体に毒の毒は同じモノだろうかとまた寄り道。

　キリンの首は何故あんなに長いのでしょうかと訊かれ、あれくらい長くないと上の方にある頭と顔に届かないから――とした遣り取りが好きだ。ことのついでに思ったことも書いておくと〝二番搾り〟も飲んでみたいものだ。たぶんもっとアッサリして安いはずだ。

　地獄で仏。どちらもまだ手に取って触れたことはないが、何かの思い、思いつきからのついでの思いつきを大事にしたい。あくまでも天使。これも忘れないように書いておく。

　神様だって想像上のモノだと思っているが貧乏神と疫病神だけは現実に存在すると信じている。まさか自分の事だとは思っていないし、思いたくもないが。

〔二〇一八年七月二九日〕

よぉく御覧ください

「よぉく御覧《ごらん》ください」と手品師が言った場合、見ても見なくても前後左右今もこれからも何ひとつ発見はないはずだ。見られては困るものを誰がわざわざ見せるものか、だ。カラの右手を見せている時は左手が何か見られては困るモノの準備か仕掛けをしている。

「よぉく御覧ください」どこを見られても何ひとつ困るコトが無い状態でなければ決して「よぉく御覧ください」などと言わない。

「よぉく御覧ください……見た目にはごく普通の西瓜です。つい先程、近所の八百屋から買ってきたばかりで仕掛けを施す暇も時間もありません。まさにタネも仕掛けもありません、ええ、普通の種なし西瓜なんです」どこかで私が言ったとしたら多分こんなもんです。

「よぉく御覧ください……この透明なガラス。本当に透明であれば、どんなによく御覧になっても見えないはずですが見えますか。見えるモノを透明と呼んでいいのでしょうか」

「夜目透明笠の内」見えないものも美しいと称していいだろうか。うっかり見えてしまって美しくないのがバレるよりはいいだろうか。

「よぉく御覧ください」

さっさと忘れてやればいいのにと思うのだが、その人がテレビの画面に出てくる度に、ああコイツだ〝軍の靴〟と書いて〝グンカ〟と読むのに〝グンクツ〟と言った奴だよなぁと思ってしまう。名前は知らない。顔を見る度に〝グンクツ〟と思ってしまうから。

「誰か」と声をかけて名を問いただすこと。呼びとめること——を〝誰何〟と書いて〝スイカ〟と読むそうな。この人なら〝ダレナニ〟と読むだろうなと、いつも思ってしまう。

どうしてそんなに他人の言葉尻をとらえ、揚げ足を取るのかとよく問われるが、なあに自分がされていることへのホンのお返しデスと応えることにしている。

「よぉく御覧ください」などと言われてもなぁ。今すぐじっくり見たいものなんて今更すぐには思いつかないわなぁ。むしろ「見ないでください」と言われたほうがアレコレ思い出して見たくなる思い。

「すべて見せます舞台裏の裏」裏の裏ってことはそれって表ですよね。

「よぉく御覧ください」テレビカメラを従

えたリポーターが住宅街をうろついている。いかにも偶然たまたま見つけたような様子で一軒の住宅を指差し「こちらのお宅でうかがってみましょうか」などとドアチャイムを押す。しばらくしていかにも怪訝《けげん》そうな素振りで顔を出した奥様「……どちらさま」などと小声で発しながら。よく見ると今日のこの日を心待ちにしていたように美容院には昨日ちゃんと。化粧もバッチリ決め、胸元にはキチンとピンマイクが装着済みで。あはは「よぉく御覧にならなくても」胸元にはピンマイクが。なんて用意周到な奥様。

「よぉく御覧ください」

浦島太郎だって「決して開けないでください」と言われたから開けたのだ。家に帰ったらすぐにも開けてみてくださいい、などと言われていたら玉手箱そのものを忘れていたかも知れないじゃないか。

恩返しをしに若い娘としてやってきた鶴が「決して覗《のぞ》かないで」などと言うから覗かれるのだし。

「よぉく御覧ください」ちゃんと浮いてますよね。何の支えもなくキチンと浮いてますよね。よぉく御覧にならなくても見事に浮いておりますよね。何がって、私ですよ。

［二〇一八年八月一二日］

誰かが聞いて誰かが見てる

「壁に耳あり、障子に目あり」

壁には耳があって、障子には目があると言うのだ。内緒ばなしだからこそ誰かがこっそり聞いているし、誰にも見つからないように何かをすると、きっと誰かが見てる。まるで壁には耳があって障子には目があるようじゃないか。きわめて素直に信じていたのはいつ頃までだったろうか。

「壁に耳あり、障子に目あり。台風は爪を持っているらしいがその爪をあえて見せようとはしないし見せたこともない（はずだ）けれど通り過ぎると〝爪痕〟を残している場合が多い」「能ある鷹は爪隠す」大方の台風は能があると思えばよいのだろうか。本当に能があるのであれば爪痕も隠しておいてくれればありがたいのに。大方の台風は能があるらしいが謙虚・謙遜が足りないのかもしれない。爪は見せないけど痕だけは、痕だけでも残しておきたいとでも思っているに違いない。

壁に耳あり。食パンや煎餅にも耳はあるけど聞くための耳ではない。となれば「聞く耳持たない」とは食パンと煎餅を指している……わけではないだろう。眼鏡やイヤリングやピアスのためだけの耳を指してのことだろうと思う「聞く耳持たない」――

この説に対しての御意見、御希望にわたくし……。

「壁に耳あり、障子に目あり」ある日突然声に出して読んだ時に気がついた。「壁にミミあり、障子にメアリー」

　思いがけず、とんでもない大発見をしたような気分になった。もう何十年も前のことだが、その思いは今も続いている。カタカナの名前を見聞きする度に「障子にメアリー」を思い出してしまうのだ。

　その時すぐに書き留めたのが――「壁にミミあり、障子にメアリー。襖《ふすま》にベティ、欄間《らんま》にジャック。床の間にトム、廊下にジェリー」だった。

　その後「……クリスマスにメリー、盆と正月にジェーン」が加わり、コトあるごとにその場その場の思いつきが増えていった。「薮の中にブッシュ、下駄箱にコロンブス、重箱のスミス」「旗竿にポール、赤旗にマッカートニー」「仇《かたき》にアダム、その前夜をしてイヴ」「道端をミッチ、凸面鏡をミラー」「紅《くれない》をベニー、良男をグッドマン」「入り口から出ていったのがヘンデル、裏口で非行に走ったのがグレーテル」「鞠《まり》の隣りにモンロー、大通りを歩いているのがヘップバーン」「子守唄はシューベルト、放射線がシーベルト、安全のためにシートベルト」「壁に耳、障子に目」努力は積み重ねるから崩れる。積み重ねないと決して崩れない。ここにも我が家の家訓が顔を出す。「障子にメアリー」からスタートしたカタカナ名の遊びも積み重ねるうちに異物が紛れ込んできたようだが本人は気にしない。誰か他人様が決めたルールでコトを運んでいるのではない。自分で決めたルールで遊んでいるだけなのだから誰に遠慮も会釈もいらぬ、と自分を説得して納得する。「生きているのにシンデレラ」などと小声で言ってみたりして。誰も聞いてないとよいのだが。

「壁に耳あり、障子に目あり」障子以外にも〝メ〟があるものはないだろうか。あった。畳にもメがあったぞ。「畳にもメがある」と知った女性が二度とスカート姿で畳に座れなくなった話を思い出した。

「障子にメアリー」たったコレだけで……どこまで遊べるか、だ。

［二〇一八年八月二六日］

思い込みからは免れない

ラジオの生放送中、手許に届くファックスやらメールは時と場合によってはロクに下読みもせず（下読みも出来ず）読みあげてしまうことは、よくある。

前後の脈絡は忘れてしまったが文章の中に〝重複〟なる言葉が出てきて、私はそのまま何の意識も疑いも持たず〝じゅうふく〟と読んでいた。生放送中である。5分も経たぬうちに新しいメールがスタジオに届けられた。

「ラジオ人間ならちゃんと〝ちょうふく〟と読めよ」との事。

自分で〝ラジオ人間〟だと思った事も話した事もないはずだが、聞いてる人にはラジオで話している人なのだから〝ラジオ人間〟と思うのだろうなあ……と軽く思いながら、……そういえば重複と書いて〝ちょうふく〟と読む場合もあったような気がして、〝じゅうふく〟と読むのはまったくの間違いなのだろうかと素直に反省して読み間違いを謝った。謝ったあとで「1曲おかけしましょうか」などと逃げ、手許の辞書で〝重複〟を。

なんだなんだ。明らかな間違いではないではないか。時と場合によってはジュウフクでも構わないらしいではないか。……か

と言って1曲済んですぐに謝罪を取り消すのも大人気ないな、と思いサッサと次の話題に。腹の中では〝チョウフク〟が正しいのかも知れないが、ラジオなのだから〝ジュウフク〟のほうが意味はより正しく伝わるのではないだろうかと勝手な言い訳を自分に言い聞かせて。こんな時でも大人気ないのだ。

おとなげない……大《たい》した人気が無い。どちらの読み方をしても通じる状況から免れない夜のラジオの生放送。

免れる。免れない。どちらで読みますか。〝マヌカレル、マヌカレナイ〟あるいは〝マヌガレル、マヌガレナイ〟私が気にする限り〝マヌカレル〟と〝マヌガレル〟は交互に聞こえてくる。読み手、話し手によってテンで違うのだ。私の場合はマヌガレル。濁点付きで覚えていた。濁点なしを初めて聞いたとき私は訛っているのかしらと少し恥ずかしかったが直接の訛り云々ではないらしいではないか。

子どもの頃、ラジオのニュースで「……特急がフツウになりました」と聞き、特急列車が各駅停車になったのだなとなんの疑いもなく思い込んでいたものだ。

にすい【二水】漢字の偏の一つ。「冷」「凍」などの偏の「冫」の称。（広辞苑）

私はコレをずっと「にっすい」と覚えていて今でもニスイに直そうとは思っていない。「鍛冶町の冶はサンズイじゃなくてニッスイだからね」と今でも口にする。だからこそ「うちのカミサンは三度三度の食事をすべてニッスイの冷凍食品を使って作る。どうだスゴイだろう。だから、ニッスイに妻と書いて凄《すご》いなのだ」ステージの持ちネタのひとつ。いまだに誰からもクレームをいただいてないので、これからも言い続けていくつもり。

竜宮城にきてみれば、えにもかけない美しさ。

子どもの頃、わが家は井戸水を使用していて、その都度ポンプで汲みあげては細くて長いヒシャクの柄を持って水を飲んでいた。細くて長いヒシャクの柄……こんなに細くては何も書けないだろうなと、しばらくずっと思っていた。浦島太郎。

思い込んでいるコトのほとんどは子どもの頃までさかのぼる。思い込みに思い込みが〝重複〟してちっとやそっとじゃ直せない。

［二〇一八年九月九日］

神に代わっておみくじョ

「神になったことがないので書けないと思いますが」と、はじめはお断りした。

青森市にある古い神社から「おみくじの文案を考えていただけませんか、どうせなら津軽弁で」と打診のような依頼のような。

さあて困った。津軽弁であること無いことを書きなぐるのは日ごろから面白がって遊んでいる分野のひとつなので苦労はないはずだが〝おみくじ〟となれば思いが改まる。

元より占いとか運勢とか手相とか何を根拠に他人の人生を断定していやがるのだと思い込んでいる身ではあるのだが、それを提供する側になるとなれば少しは思いを歪めなくてはならないだろうかの悩みを少し楽しんだ。

訊くと、大吉から吉、中吉小吉末吉を経て凶までの6種類。それをふた通り、つまり12種類の文案を考えてほしい。出来ればカラーのイラスト付きで手描き文字そのままで使用したい、との事。うむ。

さてはこの神様。産経新聞東北版の定期購読者で、この〝言葉の贅肉〟を欠かさず読んでいるのだろうか。時に辛辣を気取った皮肉や嫌み。極めて間抜けな言葉遊び。的を射た気の大幅な勘違い。そんなこんなを熟読玩味した上での打診と依頼。なんと

書《か》いだのは確《たし》がに
我《おら》だばって
選《えら》んで
引《ひ》いだのは
お前《めえ》だ故《はんで》な
時の運といいえ—
きのうの次の日が凶

冗談に対する懐の広くて深い神様だこと。

こんなおおらかな神様からの依頼であれば神になったことはないが、神になったつもりで遊んでみても罰は当たらないのではないだろうか、うん。罰だって笑い転げてわきの下を通り過ぎてゆくに違いない。神様の思し召しには人間だって神対応をして差し上げようではないか、だ。

大中小末、吉の上下も分からぬまま、とりあえず引き受けた。少し時間を下さい、神になったつもりでアレコレ考えてみますから。

そして書き出してみた文案は30数種。ご要望の3倍強。神になったつもりになっての作業は思いのほか気分がよいものだ、とも初めて知った。神から頼まれての神のよな。

津軽弁（方言）の単語だけを並べての相撲の番付表などはよく見かけるが〝おみくじ〟となればそれなりの文章で表わす必要があろう。方言の文章となればシロウトにもすぐ理解できるようでは面白くない——とニワカ神様代行はニンマリと思った。

「しぷたれでしなべだよんたきもちこあ、つらさではるはんでなぁ」おわかりいただけなくて結構。津軽の神様のお言葉であれば津軽衆なら百も承知二百も合点だびょんて。

そこへ県外からのお客様のために〝標準語訳〟もお願いしますと、追加の注文。神様も販路拡大を願っているようだ。下世話も合点。

「しぷたれで……」「貧乏臭くみすぼらしく萎んでしまったような思い出は顔に出てしまうから（気をつけなさいね）」

「えへだふり、ごぼほるふりで、あまさえる」――「拗《す》ねた素振り我儘《わがまま》な素振りをするから余計者扱いを受けるのだよ（わかっていないね貴方は）」

どれが大吉でどれが凶でも構わない。それらしい文言を書き並べ神社側に12種類を選んでもらった。「こんな事を言ってもらったら嬉しいだろうから吉にしよう。こんな事を言われたら面白くないだろうから凶にしよう」ニワカ神様代行はここでも楽しませてもらった。ちなみに、津軽弁の訛りで〝おみくじ〟は〝お前《め》ぇクズ〟に聞こえなくもない。出来て2か月、まだ罰は当たっていない。

ちなみに自分で引いたら凶だったけど。

［二〇一八年九月二三日］

お説ごもっとも信じる幸せ

超が付くほど難解で程度が高いと評判のぶ厚い小説。しかも上下巻に分かれている長編物。いつの時代だってそんなシロモノがひとつやふたつ出回っているものだ。

その難解で評判の小説の下巻だけを持ち歩き（下巻だけでもそれなりの重さだけれど）旅先の楽屋や控室の机の上に何気なく、いかにも読みかけのように半分ほど開き伏せておく。もちろん、ブックカバーなどは掛けていないから表紙背表紙のタイトル文字は丸見え。そこには〝下巻〟であることもしっかり見えている。それを見た人は――

「へえ、アイツこんなのを読んでいるのかスゴイナ。下巻てことはもうすでに上巻は読み終えたのだろうな」

と、思ってくれやしないか……と古本屋から下巻だけを買って持ち歩く。当然、上巻など読んじゃいない。読みかけを装っているのだから下巻だって1行も読んじゃいない。

頭の良い賢い奴だと思われたい、ただそれだけの、絵に描いたような見栄っ張りそのものだ。誰のことだ。私のことだ。若い頃はそれなりの体力もあったのだろう。読みもしない重い本を持ち歩くのもさほど苦ではなかったのだろうなと今、改めて。軽薄の証しが厚くて重い本だったとは今、もう一度改めて。可笑しくて楽しい。
「誰かが嘘をついていると疑うなら、信じたふりをするのがよい。そうすると彼は大胆になり、もっとひどい嘘をついて正体を暴露する」（ショーペンハウアー）
「一つの嘘を本当らしくするためには、いつも七つだけ嘘を必要とする」（マルティン・ルター）
「言葉は考えを隠すために人間に与えられたものである」（スタンダール）
「嘘はバレるまで嘘ではない　バレたってうまくごまかせれば嘘ではない」（出所不明）「嘘はついたことがないなどとすぐにバレる嘘はつくな」（出所不明）
　あぁまた遊んでしまった。ショーペン某もマルティン某もスタンダールも知らない。お目にかかったこともその著書を読んだこともない。近所の百円ショップで手に入れた「世界の名言なんたら」から見つけただけ。
　いかにもそれらしく引用すれば如何にも如何にもと思われやしないかと、たった

『早起きは人間をうすばかにする
人間はたっぷり眠らなければならない』
——フランツ・カフカ
どうりで近頃どんどん馬鹿が薄くなっているような気がする
スライス…

百八円の元手で。こちらの本は軽くて薄いそのものではあるけれど。

「自尊心は自惚れを傷つける」（ベンジャミン・フランクリン）……「自惚れは自尊心を無駄に助長させる」（かっぺい）

「知識は伝えることが出来るが知恵は伝えることができない」（ヘルマン・ヘッセ）……「誰も何も伝えてくれない」（かっぺい）

「男は口数の少ないのがよい」（シェークスピア）……「女はどうなのかも聞いておきたかった」（かっぺい）

「働けど働けどなほ我が暮らし楽にならずじっと手を見る」（石川啄木）……「もっとしっかりちゃんと手相を覚えて商売にしたらどうだろう」（かっぺい）

「人間はつねに自分が理解できない事柄はなんでも否定したがるものである」（パスカル）……「ずっと私のことを見ていたのであろうかパスカルさん」（かっぺい）

「老いたから遊ばなくなるのではない。遊ばなくなるから老いるのだ」（バーナード・ショー）……「まだ遅くはない。遊びましょ遊びましょ。老い等はドラマ、太鼓叩いて」（かっぺい）

［二〇一八年一〇月一四日］

その日に記すのを日記と呼ぶ

無事に今日一日を終え、心安らかに机に向かい今日の日を振り返る。――目覚めたときから雨が降っていたとか、朝から雲ひとつない青空でとか穏やかな書き出しで今日一日を振り返る――なんて日記を書いていた記憶はまったくない。かれこれ50年にはなろうかと思われる〝日記〟との付合いだが寝る前には必ず日記帳を開いて……たぶん一度もなかったはずだ。

もしもあったとすれば、ある種のホロ酔い状態で〝今夜は他の人のように眠る前にそれなりの気になって日記でも……〟そんなものだろう。

日記とは今日一日を振り返るのではなく朝だろうが昼だろうが、今思いついたこと、今気になったことを書き記すこと。それが私にとっての日記。この思いつきを忘れたくないので書き留めておく、それが私にとっての日記。

「あの人はなぜ人の道を踏み外してしまったのでしょうか。それはね、ずっと人の道を歩いて来たからです」何かご質問はございますか。何ひとつ間違ってはいないはずだし。「他人が汗をかいて走り回っている姿を、手に汗握って見ている自分をなんとも思っていないのだろうかアノ人たち。手に汗握るのも運動になるのだろうか」私はそうは思わない。

「一人で歌っている歌手を尊敬する。誰もウシロやマワリで踊っていない。今だからこそ尊敬に値すると思う」心底思う。

「ああじゃない。ハイと言いなさい、とカラスに言ってもなぁ」何があってこんなことを書き留めたのだろう。読み返しても思い出さない。

「英語はペラペラと流暢に話すのだが日本のことは何ひとつ知らない奴がいる。いいえ、アメリカ人じゃなくて純粋の日本人」それも、一人二人じゃない事実。

「見ざる言わざる着飾る」頭の中で誤変換をしてみる楽しさ。「自信か、身形《みなり》、家事、親、痔」「〝二人四人〟と書いて〝にたりよったり〟と読んでもらう」楽しさ。

特殊詐欺《とくしゅさぎ》の
ニュースばっかりで
普通《ふつう》の
詐欺《さぎ》がどんな
だったか忘《わす》れた
と、きのうの日記にあった

「長年の腰痛が頭痛のタネで、と言われて私、片腹が痛くて痛くて笑わせるんじゃねぇと言いながら笑っていた」ずっと笑っていた。

「〝扉〟戸に非ずと書いて何故トビラと読むのだろう。トビラは戸ではないのだろうか」トビラは戸だと思うがなぁ。

「閑古鳥、あちこちで鳴いているらしいが

その声をまだ聞いたことがない」この耳で一度は聞いてみたいものだ。

「年齢なんかに負けたくない。時折、目にし耳にするが、年齢にしてみれば誰かに勝ちたいなどとは思ってはいないだろうと思う」

「軍事評論家とやら。平和についてもそれなりの評論ができるのだろうか」

「私、貧乏でも暇があります。私、貧乏なので子だくさんです。私、豚じゃないのでおだてられても木に登りません」

「据え膳食わぬは男の恥。その据え膳を用意出来ないのは女の恥だと思います」面と向かって言ったことはないが。

「馬のどこの骨。このほうが現実味のある言い方だと思う。スペアリブを一所懸命になって粉にする。これを粉骨砕身と言う」

「日曜大工を始めた。いち番はじめに作ったのは棚。自分をあげておく棚だった」

「ヒグラシと聞けば必ず頭にソノを付けたくなるかなかな。電動モーター付きの自転車操業もあるだろうか。ヨサコイと聞けば必ず頭にアノを付けてみて誰が呼んでいるのだろうと思ってしまう」

　その場その場の思いつきにジャンルはない。思いつきだけを並べている日記には統一も統一感もない。しかし、単なる思いつきと思いつこう思いつこうと思っていての思いつきとは思いつきの幅も深さも違うはずだ、と軽く考えている。メモの羅列を私は日記と呼んでいる。誰にも見せるつもりもない日記を今日は見せるつもりで書き写している「横領とやらをしてみたいが公金とやらが傍にない」などと。

〔二〇一八年一〇月二八日〕

この差はどこから生まれるか

「犬も歩けば猫も歩く」と聞いて、だからどうしたと言われれば話はそれまで。「犬も歩けば棒に当たる」を知らなければ、だからどうしたにつながる。

「この猫やかましいんだよ」「猫だって大人しい猫もやかましい猫もいるんだろうよ」「それにしてもこの猫やかましいんだよ」「だから猫にも色んな猫がいるんだよ」「だってこの猫、借りてきたんだよ」

今の高校生、大学生あたりも大方はこの話に無反応である。「借りてきた猫」なるフレーズを知らないので、だからどうしたの無反応になるのだ。

「先輩、今の話の中に出てきたセビロって何ですか?」と訊かれた人がいるのだと。背広はスーツ以外の呼び方がないらしい。「ソクタツって何ですか?」とも訊かれたそうだ。いくらスマホだメールだの世の中でも速達の意味を問われようとは。そのうち「ハガキって何ですか?」たぶん、もうすぐだ。

道具がなくなれば、その道具の名前もなくなる。当たり前と言えば当たり前。

焼鳥の宣伝などでかろうじて炭火焼からスミは知っていようが、〝炭団《たどん》〟は知らないだろう。私くらいのトシになると雪ダルマの目は炭団と決まっていたものだが、今時の雪ダルマの目は……雪ダルマを知っているだろうか。

たぶん〝長火鉢〟も見たことがない。見たことも聞いたこともないとなれば〝灰〟は知ってても〝灰均《はいなら》し〟は知らない。〝火箸〟

ワンフロア、
すべて
使用目的も
使用方法も
何ひとつ
わからん器具が
並んでいる
電器屋
スイッチの場所すらわからない

も知っているかどうか。〝五徳《ごとく》〟は完璧に知らないだろう。私だってしばらく見ていない。

〝十能《じゅうのう》〟はどうだろうか。民家風の居酒屋などで〝囲炉裏・居炉裏〟は見たことがあるかもしれないが、いろりの上からぶら下がっている〝自在鉤〟を〝自在鉤《じざいかぎ》〟だと知っているだろうか。ついでに〝炭俵《すみだわら》〟も思い出したが今時の若者は見たことがあるのだろうか。〝消炭《けしずみ》〟なる言葉はどうだ。〝消《けし》壺《つぼ》〟なんてのもあったな。忘れたのではないだろう。はじめから見たことも聞いたこともない、存在自体を知らない。思ったことも思いを寄せたこともない。想定の内と外。想定そのものがなければ内と外はおろか身も蓋もない、鍋も釜もない。鍋は知ってても釜は見たことがない。

「炉端走《は》っけで久須とっくら返してチャカスこの」

直訳します。

「囲炉裏のまわりを走りまわってホラ、言ってるそばから久須に足を引っかけてひっくり返してしまい、そこいらじゅう茶殻《ちゃがら》、茶《ちゃ》滓《かす》だらけにしてしまってコノ慌て者め」

いつものことだが、津軽弁をいわゆる標準語共通語にすると長くなるなあ、極めて間抜けな親父ギャグ丸出しの小咄も。ちなみに、津軽では（語源など知らないが、知りたくもないが）慌て者のことを〝チャカシ・チャカス〟と呼ぶのだ。

ちなみのちなみ。広辞苑第六版の【親父ギャグ】年輩の男性が口にする、時代感覚からずれた面白くない冗談や洒落。とあるが第七版の【親父ギャグ】では〝面白くない〟の一言がカットされている。近年にない大発見に血湧き肉躍っている。あちこちで何度でも口にし文字にして楽しんでいる【親父ギャグ】何しろ軽いチャカスですから。と、意識的な閑話休題。……閑話休題を知っているだろうか。

話の流れで「近頃の若者は〝久須〟を知っているだろうか」と書こうとしての寄り道。もしかして年代差ではなく地域差なのだろうか。

［二〇一八年一一月一一日］

五と七で遊んでみたい朝もあり

「行水を朝からずっと水溜り、どこか痒いか気になる一羽、どこが痒いかあのクロのアカ」――何が面白くてこんな書き出しをとお思いの方も多いかと。

隣の公園の水溜りで、いつになく長めに行水のような水遊びをしている烏を見かけてメモをした〝烏の行水〟だからどうしたと言われればそれまでだが〝クロ〟を〝烏〟〝アカ〟を〝垢〟と見なし、後日ゆっくり青と白も折り込んで完成させたいものだと思っただけのメモ。お気に留めていただけましたらコレ幸いと。

毎度申し上げていることだが〝思いつき〟は時も場所も選ばない。原因も結果も必然も気にしない。気にする暇などありゃしない。

「この野良は恐らく炬燵を知らんだろ、めっぽう寒さに強そうだ。ときに布団で寝かせてみたい。猫舌治して熱いスープも」

「ナマハゲに持って行かれた縄目《なわめ》土器。泣ぐ子はいねが、青森サ居《こ》るべよ」

「無駄金と知ってて使う金ならば、オレにも回せ生かしてやるから」生きるから。

「懐が深くて広くて大きくて、底の小銭に手が届かない」届いたところでありゃしない。

「推測と臆測ならべ専門家、北だ南だCM挟んで」「推測と臆測だらけ真実は誰も知らないワイドショー」「推測と臆測だけで済むのなら、大きい声の教授有利か」「推測と臆測交互のくり返しCM挟んでエンドテーマに」「推測と臆測並べしたり顔。見てきたような嘘を言い」多分。だって私だって見ても聞いてもいない事ばかりなのだから。

「対立を煽《あお》っておいて宥《なだ》めてみ、お知らせ続いてスポーツです」これじゃ元には戻るまい。元々戻る気はないのだろ、明日もあるし。

「駆引きの割の悪さを足してみる。加減乗除のならべ変えたり」足しても駄目なら引いて……。

「そのメガネ、細かい文字は良く見えて、大きな何かを見落としてませんか」字余りは目立たぬように小さい文字で。

「専門の専門家とかが並んでる。口が無いのに喋ること喋ること」軍事に強い専門家、平和についても熱く語るか、語れるか。

「無駄骨の骨折り受けて気もそぞろ、さてもありなん複雑骨折」数合わせ、指を折っての苦労あり。

「熱湯を入れて3分出来ました、即席麺です冷やしの中華」冬は寒くて幸いだった。

五《ご》七《しち》五《ご》
腑《ふ》に落ちないなと
身《み》の思《おも》い
七《しち》七《しち》足《た》して
八八を補《おぎな》ふ
蛇足の手
おもい(重い)
ハハ(88)
ハハ(笑い声)

「3日間限りの安売り今日からと、週に2度やる厚かまし」冗談と思えぬチラシ今日もまた。

「目を剝いて奇声を発し変顔で、芸人ですとは笑わせる」誰も笑っちゃいませんが笑っているとの思い込み、さてもついでに服も脱ぐのか。ああ、こりゃこりゃだ真似出来ぬ。

「曲がりなり。曲がりなりにも真っ直に生きて来たとは面妖な」角がある、角があるたび曲がります阿弥陀という名のクジ外れ。

「駄目出しに昆布入替え炊き直し」知る人ぞ知るシル出して味の味知る。

どこで何、何を笑うか試しどこ。他人様《ひとさま》の独りよがりに寄り添って、ついでに笑う疲れ何倍。五と七に踊らされてるロクでなし。

「雀の子そこのけそこのけお馬鹿が通る。どっから出て来た、しかも鹿だぞ」

あまりの馬鹿馬鹿しさにお疲れだろか。ひとつ茶でも入れましょうかなどと作者にまでちょっかい出して。

「盃を酒好《さかず》きと読む無理のなさ。干す間も無しの呑み欲っし好き」お疲れ様でした。

［二〇一八年一二月九日］

書かれたら必ず書き返す

旅先で初めて入った居酒屋の壁に懐かしい文言を見つけてうれしくなった。

「いつもニコニコ現金払い」

若い頃、ほぼ毎日のように通っていた馴染みの居酒屋の壁にも親父の手書きでその文言が書かれていたのだった。つい、若い頃と同じようなイタズラをしたくなったが旅先での初めての店でもあるし、と思いとどまった。

「いつもニコニコ現金払い」と書かれた紙の隣りに（親父も気がつかないような小さな文字で）「現金があれば他の店に呑みに行くに決まっているではないか」と小さな紙に。それから数か月。親父は知ってか知らずか、ずっとそのまま。たぶん知っててそのままにしておいてくれたのだ――と思うが。

トイレの壁に「人間だもの、けつまずいたっていいじゃないか」と貼り出された時もすぐに「けつまずかない方が、もっといいじゃないか」と書き加えてやったが親父は見て見ぬふりをしてくれた――はずだ。

会社の女子トイレのドアに「化粧室」と書かれたプラスチック板が貼られていたので、ほぼ同じ大きさと字体で「厚」と書き「化粧室」の前に貼っておいたが、これまた数か月そのままであった。誰かのために剝がしてやろうと思って剝がしたのに、自分の後ろめたさのために剝がした、と思われやしないかと思って誰も剝がせなかったのだ(恐らく)。

　私がサラリーマンだったころ、出社退社の時は必ず手押しのタイムレコーダーでその都度〝ガチャン〟とやらなければならなかった。ある時期その出社時の記録で私が明らかな〝遅刻〟の記録を残したカードは1枚もないはずだ。

　なぜなら。明らかに遅刻をした時はあえてガチャンとカードを差し込まず、そのカードを仕事場に持ち込み〝出社時刻〟を手書きで書き込むのである。

　勝手に数字を手書きで書き込む――それを疑われたことも〝手書き〟を総務部や人事部から指摘されたこともない。

　なぜなら。入社からほぼ10年。私は放送局の美術部にいた。主な仕事のひとつにテロップ制作があった。

　テロップとは葉書を横にしたくらいの大きさの紙で、必要な文字や絵は縦対横が3

対4のセーフティーゾーンの中に納めなければならない。これは、当時のテレビ画面の基本。テロップの場合縦が6センチ、横が8センチ。

実際のテレビ。画面の縦が60センチ、横が80センチだとすると10分の1の大きさで1画面分の文字や絵をすべてかき入れていたことになる。

〝写植〟（写真植字）で文字を並べるとしても〝文字盤〟に無い字はどうするか。前後の書体（活字）と同じ書体で〝手描《てが》き〟しなければならないのだ。明朝体だろうが角ゴシック体だろうが丸ゴシック体だろうが。縦6センチ横8センチのスペースにそれなりの文章となれば文字の大きさも当然必然、いかに小さな文字を描いていたか（今更ながら）思いやっていただきたい。

試しに5ミリ角のマスに〝龔〟と筆で描いてみて下さい。龍だけでも窮屈この上ないのに更に〝衣〟も必要とあれば……何がどうなるか。20代の頃すでに近視と乱視に老眼が襲っていたのですよ。

そんな仕事が仕事だったのだ。手押しのタイムレコーダーのカードに前後の数字と同じ書体で少しインクがかすれたような技まで駆使して遅刻を免れる。誰に何がバレる、指摘されてたまるか、だ。ずっと前にすべて時効だからね。

［二〇一八年一二月二三日］

落書き帖

○
あたかも――
冷蔵庫にレモンがあたかもしれない

○
かたときも――
もらったときもうれしいな

○
いまさら――
さっきは茶碗を割ったよね

○
なんとなく――

カラスはかぁ、スズメはちゅんちゅん

○

ありきたり――

去っていったはキリギリス

○

したたかで――

鳶その上　輪をかいて

○

かくして――

見つからないようにする

○

とにかく――

壁にも窓にもかく

○

いざなう――
思いきって誘ってみた今

○

とある――
店なら開けて入る

○

とかく――
と教えてくれた習字の先生

○

はばかりながら――
いまならトイレとかお手洗いとか

○

大なり小なり――

公衆便所は便利です、あれば

○

やみつき――

お化け屋敷が大好きなんです

○

ひとえに――

二重から戻す人はいないでしょう

○

上昇志向――

クダラナイということだよ

Ⅶ

おこっこと

「遅遅の日……なるほど」

それは英語で言わなくても

ネズミは英語でマウスと言います。だからネズミの口は〝マウスマウス〟と言います。まあまあお静かに。エンドレスとは終りの無いこと。ワイヤレスとはワイヤーが無いこと。キャッシュレスとは現金が無い。シームレスとは縫い目が無い。だからネックレスとは〝首が無い〟。プロレスとはプロではない――この種の言葉遊びと同じ。

十和田湖へ続く遊歩道をその音の響きだけで〝スピーキングロード〟と英訳したついでに〝子ノ口《ねのくち》〟(遊覧船の発着地のひとつ)を〝マウスマウス〟と口走ったときのことを思い出しただけの〝マウスマウス〟。

ネズミは英語でマウス。トラは英語でタイガー。イヌはドッグでサルはモンキー。犬も猿も煙草を吸わない、これを日本語では〝嫌煙の仲〟とも言う。ウサギはラビット、ヘビはスネーク。

ニワトリはチキン――ニワトリはチキンと言うよりも、チキンのことは日本語でニワトリ、漢字では〝鶏〟と書くと表わしたほうが良いだろうか。今の世であれば〝チキン〟は知っているが〝チキン〟は日本語ではなんと言うのだろうと思っている若者がきっといるような気がする。スーツはわかるが〝背広〟を知らない若者がいるというのだから。

「鶏が先か卵が先か」誰もが知っているフレーズだと思って口にしたら「それってなんですか」と逆に問われてしまったことがある。

「鶏が先か卵が先か」――鶏と卵、どちら

この絵は『さようなら』を表わしています
牛は英語でカウ
羊はウールですから
ウルカウで売買ですからね

が先にこの世に登場したのか。「鶏」と答えると「その鶏は何から産まれたのか」と問われ「卵」と答えると「その卵は誰が産んだのか」と問われる。永遠に落ちつく先が見つからないことをして「鶏が先か卵が先か」と表現する。釈迦に説法、河童に水練、月夜に提灯、暗算に算盤、芋焼酎に麦焼酎だったたであろうか。

「鶏が先か卵が先か」――わたしの内では解決済みだ。「卵が先で、鶏はあと」なぜなら「タマゴが1番、ニワトリ」となる説を支持しているからだ。

すっかり鶏にはまってしまったが、つい面白そうな話に寄って行く癖はまだ直らないらしい。猪突猛進。直進加速。蛇足惰性。

そもそもの思いの元は十二支。子丑寅卯辰巳午未申酉戌亥。それぞれの動物を見慣れた漢字にしてみると「鼠牛虎兎竜蛇馬羊猿鶏犬猪」なのだそうだ。書き出しのはじめ「酉（トリ）」を「鳥」と書いたりもしたが。

「午（ウマ）」…牛と似てる。午（ウマ）からツノが出ると「牛（ウシ）」になるのか。ちゃんと調べればそれなりの理由や理屈があるのだろうなとは思いつつそれ以上は難しそうなので近付かない。昼食を挟んでの午前午後。

実際にこの目で見たことのある動物と見たことがない動物。コトの流れ、我が家の玄関先で「猪豚《いのぶた》」のウリ坊を飼っていた時期があって猪そのものも見ている。「竜」に関しては個人的には想像したことすらない。当然本物を見ていない。「リアルな竜の絵」なる表現にはいつも笑ってしまう。あり得ないだろうョ、と。

そして「ネズミはマウス、トラはタイガー…」英語で言ったら何となる。となっていつもの広辞苑。カウボーイは出て来るがカウ（牛）は出て来ない。午からも馬からもホースは出て来ない。さあて「亥（猪）」は英語で何と言うのだろうか。出て来ない広辞苑。

［二〇一九年一月一三日］

わからない年寄りがわかるか

またか。これはもう何度も見たコマーシャルだ。いつもいつもボウッと見ているわけではない。何かしら少しでも気になると、いつにも増してその気になって、見るのだ。

　わからん。

　コマーシャル。もはやわざわざちゃんと日本語で言わなくても通じる片仮名語だろう。コマーシャル。CM。広告。

　読んでそのまま。広く告げる。多くの人に知ってもらうためにお知らせをする。知ってもらってどうしようと言うのだ。

　たとえば洋服。身に付けるもの。新しい素材、斬新な形、素敵な色合い、それでいてこの安い値段、どうぞ手にしてみてください、つまり買ってください、だ。

　たとえば食べ物。こんなにも美味しくてこの値段、一度は食べてみてください、つまり買ってください。

　この車はすごいですよ、今までにない性能でありながらこの値段、他社では決して手に入りません、ぜひお手に取ってみて乗ってみてください、つまり買ってください。

　この新築のマンションは、駅前に出来たばかりのこのアパートは、この住み心地でこの値段、ぜひお手に取って住んでみて金

を払ってみてください。

わたしが思うコマーシャル、CM、広告とは突き詰めると「売りますから買ってください、売っていますので買ってください」「なんとかコレに金を払ってください」これに尽きると思っている。主張の仕方や表現の方法に多少の違いはあってもつまりは「買ってください」「金を払ってください」それをお知らせするのがコマーシャルなのだ。

それにしても、まただ。もう何度も見たコマーシャルなのだが、さっぱりわからん。

どこのどんな会社が何を売りたくてこのコマーシャルを出しているのか。わたしにはまったく理解出来ない。見ているだけで金を取られるわけではない（らしいので）特段に困るとは言えないが、そんなコマーシャルが立て続けに流れるのを見ていると、今の自分が不安になるのだ。

もう、どんな病いに襲われても〝若年性〟なる枕詞を必要とする年齢ではないが、こうも訳がわからないコマーシャルを立て続けに見せられれば黙って座っていられない。つい横になってしまいそうではないか。

歌手もカタカナ、歌う歌もカタカナ。どっ

ちが歌手名で、どっちが歌の題名なのか理解に苦しむ新聞の歌番組の告知欄を見ているときと似たような思い、と似たような思い。

そんなこんなで「今のテレビのコマーシャルは年寄りには理解出来ないものが多い」とある会合で口にしたらすかさず――「年寄りだから理解出来ないとの発言は他の年寄りに失礼ではないか」と反論された。

何歳から、何歳あたりから年寄りと断定するかは定かではないが、ただ単に自分が年寄りだからと勝手に自覚して〝年寄りには理解出来ない〟とはおかしいではないか、アナタと同じ程度の年齢で今現在テレビで流れているコマーシャルを総て理解している〝年寄り〟はゴマンといるに違いないのだ、自分が理解できないことを〝年寄り〟のせいにするな、理解出来ない年寄りはアナタだけかも知れないじゃないか。年寄りと、ただ単に頭が良くない自分と一緒にすべきではないだろうと言うわけだ。言われてすぐに理解出来なかった私は人の先行く年寄りなのかも知れない。

［二〇一九年一月二七日］

暦の上下にはさまれて

「暦の上では……」と見たり聞いたりするたびに「その暦ってマスコミのためだけの暦なんだよね」と思ってしまう。「……暦の上では立春なのにまだ寒い」「暦の上では立秋なのにまだ暑い」などなど。

ココミのことなど何ひとつ気にせずに生きている身にしてみれば、まるでそれが常識の挨拶のように「暦の上」と「現実（暦の下）」を並べてはその寒暖などの差を持ち出して悦に入っているとしか思えないわなあ――

などと書いて私が悦に入っていたのはいつ頃だったかなあと突然思い出した。暦の上下とは関係なく。

そこでいつものように古い日記のような備忘録を取り出して読み返していたら、コレは自分で書いたとは思えないような面白いメモが次々と出てきた。あらかじめお断りをしておくが、自分で書いたメモを自分で見つけたから面白いのであって他人様も同じような評価をするとは微塵も思っていない。

誰も面白いなどと思わないことを自分だけは面白いと思っている自分であることを私は古くから自覚していたのだ。たとえば今の「自覚していたのだ」と書いてあると必ず小さな文字で脇に「痔隠していたのだ」などと書いてある。ほら、面白くもなんともないではないかと思った人も沢山いるでしょ。

「地震か身形《みなり》、家事親、痔」などの添書も自分にとってはありがたい。ああ、あの時のついでに思いついたのだな、の記録だからね。

「時の流れとやらを邪魔してみたいのだがどんなやり方があるのか誰も教えてくれないのは何故だろうか」――その傍の添書。

「若くて元気な短針がつい勢い余り、すぐ前にいた長針を追い抜いてしまった……抜いた短針を責めるべきか抜かれた長針を叱責すべきか」「元気がないのは子どもの頃から秒針だったもので」

「ひたすら遅れ続ける時計よりも、まったく動かない時計のほうが1日に2回は正しい時刻を表示する、と言ったのは誰だったか」「晩成……おそくなると必ず成就するとは限らないであろうからなるべく早めに大器にして見せて欲しい……待機晩成……ずっとこのまま」

「時計を止めても時は止まらない、歌の文句じゃあるまいし。時計は止めなくても良いから私を泊めてくれませんか」

時やら時計やら、何かひとつのことを思いつくと似たようなモノ、似たようなコトを最低みっつは思いつき思い出しては書き添えておきたいものだとずっと心がけてきた。

「笑わない。まだ笑わない。笑ってたまるか。〝最後に笑うものが勝ち〟と聞き、うっかり声に出して笑ってしまい、笑った者が最後ですからねと言われても、勝ってもいないし勝った気にもならないでいるのに笑ったから最後と決めつけられてもなあ」

「最初に笑った者の勝ち、なんて言い回しはないのだろうか。最初も最後もない、私だけが笑ってオシマイ……よくあることだ」

誰も面白いと思わないことを自分だけは面白いと思うようにする面白さ。イヤなことをいっぱい並べ、一番イヤなことの反対側から好きだ、面白いと思ってみる……まだやったことはないが。自分でやる気はないが他人様に勧めてみる面白さ。うん、これは面白い。どうぞ、やってみて下さいな。

今日の暦の上では何ですか。今日も暦の下で仏が滅ぼうが友が引こうが大した安心もなく生きている。まだ笑いたくもないからこそ。

［二〇一九年二月二四日］

カタカナだから漢字で思う

自分の内でこれは面白いなあと感じたことはなかなか忘れない。忘れてはいるのだろうけどコトあるごとに思い出してしまうとでも言おうか。

もう半年は過ぎたが、うっすら覚えている人もいれば全く記憶に残っていない人も多数おられることと――「壁に耳あり障子に目あり」転じて「壁に耳あり障子にメアリー」

わたしにとっての「障子にメアリー」はもう何十年も前からコトあるごとに思い出してしまうフレーズなのだがあい変わらず新作が次々と近寄ってくる。よっぽど〝メアリー〟から好かれているに違いない。

「五番街にマリー、伝言はジョニー」「お月様にはセーラー」「玄関でピンポン」「ウエストサイドにはマリア」「別れたのがジェームスで、ちゃんとくっ付いたのがボンド」「確かにそこにいたはずなのにアランと思ったらドロンしてた」「後ろから蹴ったのは誰だ、マイケルはジャクソンだと知っているが」「中国の虎はやわらかいとかフランク・シナトラ」「車が寝てる36台、カーネル・サンダース」「庭の片隅にロミオ、二階の窓にジュリエット」「ワイルドなのはオスカーなのかメスカーなのか」「薄い

大きな事件《やま》で文部省が
乱れているらしい
この事件《やま》を
『モンブラン』と
呼ぶらしい
甘い考え方が原因らしいが
景気には左右されないらしい
金のかからないコトバ遊び

青空にブルータス、ちゃんとした青空になれ」「ふたりでひとりアリスとテレス」「お母さんの名前はテレサです」

ここまで並べると並べられると、男女差年齢差、育ちの地域差と環境差などで理解の度合いはかなりズレてくるはずだ。全部理解した人、理解不足を誰かや何かのせいにして「クダランッ」と決めつけ読むのを止《や》めた人。

済みません。わたしはそのクダラン言葉遊びが好きでこの年齢まで生きてきた。つまりクダランとは上昇志向そのものであると信じてとでも言いましょうか、常に登り坂。「誰と比べたのかは知りませんが、ヘミングの方がウェイです」「たとえお互い下着だけの姿であってもアンダぁウエァ」とか。「ヘンドリックはけっこうジミです」とか「あの鼠、口先だけなんですミッキー」とか「昼下がりの情事はワシントンですよね」とか「ナイフを持っているのはジャックに違いない」なんてのも好きで堪らない。

ここまで来れば「コップにシモンズ」「ジャングルにはジム」「港にヨーコヨハマ」

「丸いレーンにはリリー」「ブランデーはナポレオンに限る」とか。

「網にマリーアントワ」と「マリーアントは網」と、どちらの表現が面白いだろうかと悩み「網」には「ネット」とルビを振ったほうが親切だろうか野暮だろうかと思いとどまる楽しさたるや。

ついでに思うのが、ナポレオンが持っている辞書には本当に〝不可能〟なる単語が載っていないのだろうか。もし載っていないのならばコッソリ〝不可能〟と漢字３文字で書き入れてやってもナポレオンには読めないだろうな、うふふ……とか。フランス語で不可能とはなんと言うのか、わたしの国語の辞書にはフランス語の不可能も可能も出ていない。

カタカナの名前だからこそあえて漢字やひらがなに直してみる遊びを思いついたのだよね。

「或るブスの少女。立ちくらみのクララ」「納豆を喰いながら王様を呼んでいる歌手とは誰でしょう」「マリの隣りにモンロー」

さあ、クダランと思った方もひとつふたつなら出来そうな気になってきませんか。あえて再び。クダランとは上昇志向のことです。

［二〇一九年三月一〇日］

はなしの数だけあるはなし

思いがかみ合わない話にまき込まれて思い出したことがある。思い出したことが若い頃の出来事――となれば当然、昔むかしの昔ばなし以外にはあり得えない。

元々、歯はあまり丈夫ではなかったのだがある日突然、前歯の激痛に襲われた。時々は顔を出していた（なじみというほどではないが）顔見知り程度の歯医者に出向き診てもらった。

どの歯が痛いのか本人にも特定できない。つまりソノあたり全部が痛いのだ。コレですか、コレですかとソノあたりの歯をピンセットのような金具でコツコツ触わる。それでも特定できない。ソノあたり全部が痛いのだからどこをコツコツ触わられても全部痛いのだから特定のしようがない。

そのうち医者が〝ああ、コレですな〟と1本の歯を特定したらしい。ウムを問われても応えようのない痛さの中、あっという間もなく1本の前歯が抜かれてしまった。痛い歯を抜いてしまったのでもう大丈夫、と帰された。

ところが午後になっても夜になっても痛みは変わらない。いわゆる悶悶とした一夜を過ごし、も一度その歯医者に向かったのだが、あいにくの日曜日〝休診〟の札がドアの前で揺れていた。どんな手立てで次の歯医者を見つけたかよく覚えていないのだが、よほどの痛みだったのであろう。日曜日でも診てくれる歯科医院にたどり着き「……実はコレコレで昨日アッという間に前歯を1本、抜かれたと言おうか壊されたと言おうか、それでも痛みが消えないもので」「どれどれ、そのあたりをも一度ちゃんと診てみましょう……ははあ、悪い歯は抜かれた歯ではなくて、その隣りの歯の隣りですよ」

入れ歯も
虫歯に
なるのか
どうか心配してます
入れ歯の寝言
『入れ歯の寝言』
好評在庫多数あり
うふふー

なんたること。同じ間違うにしても隣りと間違うならまだしも〝隣りの隣り〟だなんて間違うにも程がある。

そこで本当に悪いらしい隣りの隣りの歯をその場で抜くはめに。両隣りを抜かれてしまった真ん中の1本の歯は左右を失い〝ひとりでは立っていられない〟状況となり、それならコレも抜いてしまいましょう……アッという間とは言わないが2日で3本の前歯を失ってしまった若き日。

抜いてしまった歯医者「……前歯は保険がききませんので」とぬかしやがった。「おのれそれならそうとはじめから言ってくれていたら」と医者に咬みつこうとしたのだが如何せん、前歯が無くて咬みつけない。

泣く泣く歯医者から外に出て表の看板を見て「歯科医」を「ハカイ」と読んでしまった。「壊しやがって……」その場でその時はコレといった思いも手立てもなかったが「いつの日かきっとシカイシをしてやる」と心に誓ったものだ。シカイシされた歯科医師も、これまた心機一転、も一度立ち上がり立ち向かってくるものだろうか。歯医者復活戦とはこれだろうか。

どこまでが本当で、どこからが作り話なのか抜け目のない作り話とお思いだろうが、すべて若き日の本当のはなし。

その後のその後もはや「奥歯に物が挟まったような物言いすら出来なくなってしまった」年と共に素直になったのではなく、奥歯すら無くなってしまったのである。

永久歯とは誰が名付けたのだろうか、今でも誰かに命名権があるのだろうか。嘘吐きめ。こいつはきっと後に泥棒になったに違いない。歯並びも話し並びも悪くてすみません。

[二〇一九年三月二四日]

それって金が無いって事だろ

「どうした、肩で息して苦しそうだが何かあったのか」「バスに乗ったつもりでバスの後ろを走ってきたんだ。乗ったつもりでバス代を貯金しようと思ってね」「馬鹿だねぇ、乗ったつもりで後ろを走ってバス代を貯金しようだなんて。乗ったつもりで貯金をする気ならバスの後ろよりタクシーの後ろを走ったほうが、もっと早く多く貯金出来るとは考えなかったのかね」「そうか、今度からはバスをやめてタクシーの後ろにしよう」

この間抜けで馬鹿らしい話を聞いたのはどれほど昔だったか。今でも思い出してはニンマリしてしまう。どれだけ間抜けで馬鹿らしい話かも知れないが〝お説ごもっとも〟と言わざるをえないハナシの流れは尊敬に値するとさえ思っている。

つもりちょきん【積り貯金】使ったつもりで、その金を貯金すること（広辞苑）

辞書としてはそれなりの解釈と説明のつもりだろうが、わたしのように思いも心も深くて広ければ「積り貯金」とは〝貯金したつもりで、その金で飲み喰いして遊ぶこと〟でもよろしいのではないだろうかとずっと思ってきたし、今も思っている。

オモイの響きとは裏腹に極めて軽いので

『おりる』『おろす』『さがる』『おちる』の
違《ちが》いを述《の》べよ
ついでに『おろす』と『おとす』の違《ちが》いも
説明《せつめい》してみて
ゲンキンな奴——
現金な奴と書くそうで

ある。社会的にも現実的にも立場はないし、座っていられる場所もない身となれば当然ハナも咲きようがないのだし。わたしが思う「積り貯金」を実行してみて下さい。この思い、思いのほかに便利で楽しいと知るはずで。

「老後」これもよく聞きよく目にする単語だが、わたしに言わせれば「老後」なんて存在しない。ずっと生きててラストが「老」なのだ「老いの前」ならいざ知らず。ここにも「積り貯金」〝貯金したつもりで……〟思いのほかに便利で楽しい。嘘だと思うなら。

「武士は喰わねど……」元よりわたし武士でもサムライでもないので喰わないで楊枝を使う必要はないし誰に見栄張る気もない。誰もが貯金の残高、気ままに知ることは出来ないであろうが、空腹でやる気がない様子ならすぐにバレるだろう。誰が〝喰わねど高楊枝〟などと気取っていられるか、だ。

「無い袖は振れぬ」残高が無い貯金も貯金と呼んでいいのだろうか。近頃よく耳にするのが〝キャッシュレス時代〟とか。個人的にはずっと昔の若い頃から現金が豊富に手元にあったことなどないぞ。個人的にはずっと昔から〝キャッシュレス時代〟だったのだ。何を今さら騒いでおる。

ぶらり暇つぶしに町内を歩いてみようと思う時すらポケットにはそれなりの小銭があるかどうかを確かめたものだ。自販機で煙草を手に入れよう、缶コーヒーでも飲もうと思ったら、たとえ小銭だろうと現金は現金。現金がなかったら何ひとつ買えなかった。それが当たり前だったではないか。「貯金通帳、預金通帳に何百万何千万円あったとしても今現在ポケットにいくらの現金を持っているかいないかでその人の表情や態度が変わるものなのだ」と教えてくれたのはアノ劇作家、倉本聰サン。今でもこの言葉、心底信じている。

ポケットの小銭を確認してからバスとタクシーの後ろを走る。無い訳じゃないのだがと確認し、豊かな表情で走る心意気、いいね。

いくらで買ったからいくら払った。だからお釣りはいくら、だからいくら残った。無理して若いふりして〝レス〟に近付くな。元号がどんなに新しくなったってコッチは古いまま。

［二〇一九年四月二八日］

思い出の短編小説の思い出

大きな声では言えないがと書いてすぐに気がついた。正しくは〝大きな文字では書けないが〟がまともな表現ではないだろうかと。

今わたしは何かを話しているのではない。原稿用紙に万年筆で文字を書いているのだ。活字になってしまえば（特別な指定でもない限り）活字が大きくなったり小さくなったりはしないだろうけど「大きな声では言えないが」同じような意を伝えようと思えば「大きな文字では書けないが」が正しいはずだがどうして今まで誰も表現しなかったのだろうか。もしかしたら時折見かける表現なのに知らないのはわたしだけだったりして。だとしたら誰に遠慮も会釈もないままで書き改めたいと思う。いきなりこの書き出しで。

大きな文字では書けないが「小説を書いてみたいと思ったことはあるが、小説を書けると思ったことがない」と何度か書いた記憶がある。だから、小説は書いたことがないとずっと思っていた。思っていたのに突然その単行本が本棚の隅から見つかった。

発行は１９９５年。25年も前だ。著者は〝伊奈かっぺい〟本のタイトルはずばりそのまま「短編小説集」。

もはや古本屋でも手に入らない本だろうから手短かに紹介させていただくと、当時の東京新聞への連載文。別冊山と溪谷社ビスターリNo.15と鉄道ダイヤ情報、話の特集などへの寄稿文がメインで、まるでそのオ

マケのようにオリジナルの短編小説が15話も書き下ろしされている。

その、あとがきに――他に何んのサブタイトルも無くて、いきなり「短編小説集」なんて本が今まであったろうか。ユーモアとか怪奇とか推理とかそれなりのジャンルを思わせる本は沢山あったし今もあるけど、いきなり何んの説明もなく「短編小説集」なのだ。……小説集の集に問題はあるまい。集めたのだから。小さい説で小説であれば、これも問題ではあるまい……詐欺的と言うより詐欺そのものかも知れない。

そして帯文に――著者初めての短編小説。まさに初めて。この著者以外の著者(作家)でも、これほどの短編を書いた作家はいない。決して、ストーリー及び結末は他人に教えないで下さい。その意外な構想は未だ

日本の、いや世界にも類を見ないでしょう。あなたの怒りを鎮めるためには、その怒りを他人に転化するしか、その方法はない。だから……（初めに戻る）——とある。

そしてこの本は〝ビニ本〟であったっけ。つまり1冊ずつビニールで包まれていて立ち読みなど一切出来ない仕掛けになっていた。

買わなかった人のために。25年前ならとっくに時効としてのタネ明かしを。15話のうちのひとつを再録。

第2話。タイトル「まだ若かりし頃、見初めると言う程、大げさなものではないが、クラスのバス旅行の折、日頃から好ましき想いを抱いていた一人の女性と席が隣り合わせになり、その幸運に胸ときめかせつつ目的地に着き、昼食の後に設けられた自由時間、ふと見わたせば彼女と二人きり。乞われるままに枯れ木の先きに咲きし一輪の花を手にしようとし、落下の記憶。」——

少々長いとお思いだろうが、これがタイトル。そしてページをめくると本編が「痛ッ」これだけ。どうだ、これほど文字通りの〝短編〟はないだろうョ、と。

短編とはあくまでも本編そのものでありタイトルの長短には及んでいない。こんなのが15編。買って読んだ人の怒りたるや……25年前。

［二〇一九年五月一二日］

雨ニモマケズ風ニモマケズ

「雨ニマケズ風ニマケズ」となれば負けないのは〝雨と風〟に限定されるが「雨ニモマケズ風ニモマケズ」となれば負けないのは負けたくないのは〝雨と風〟に限定されない。さぁて〝雨と風〟に並べて違和感を覚えないコトバとなれば〝ユキ・アラレ・ミゾレ……〟

「波風乱風」なるコトバも聞いたことがあるから、負けたくないモノの中に〝波〟も入るのだろうか。

この場合の雨、風、波はごく普通の雨や風や波だろうね。あえて〝集中豪雨・突風乱風つむじ風や台風、警報注意報を従えた波浪〟などは気楽に勝つや負けるの対象ではないだろうし。

「雨ニモマケズ風ニモマケズ」あえて見慣れた聞き慣れたフレーズとは言わないが子どもの頃から身近にあったような。極めて個人的な記憶では〝訴訟〟ソショウなるコトバを初めて知ったよな、の思い出がある。

普通に思えば負けそうな、負けてしまいそうな、勝つ気がしないようなモノを思い浮かべて〝負けないぞ〟と自分に言い聞かせる。一度も使ったことがないコトバを初めて使わせていただくと〝プラス思考〟とか。カタカナでは〝ポジティブ〟とも言うらしいではないか「雨ニモマケズ風ニモマケズ」……出来ることなら〝流行《はや》り（のような）コトバにも負けたくない〟気もするが。

これまた極く極く当たり前に考えて〝煩雑繁忙に負けたくない〟のであれば〝平穏退屈や暇にも負けたくない〟ではないか。

出てきた暇なら潰す任せる飽かすのではなくコチラから積極的に〝潰されないように潰してやって、何ひとつ任せてなんかやらないし、先にそっちを飽かしてやる〟暇にも上中下主義や主張があるものだろか。今度来る暇とじっくり話し合いたいものだ。「そんな暇はない」と言い返されたい気もするが次来る暇はどんなだろうか、今はとりあえずそんな暇は無いわたしだが。

「雨ニモマケズ風ニモマケズ」

今日の引っかかりはこの〝マケズ〟〝負けず〟だ。〝負けず〟とは〝負けない〟と同じ意味だから〝負けず〟とは〝勝つ〟ことである。

〝見る聞く話す書く〟は〝見ず聞かず話さず書かず〟〝頭隠して尻隠さず〟アタマは隠しているのにケツは出したまま。同じコトバを使って似たような表現をしようと思え

ば、目頭をハンケチで押さえ隠して、目尻は上がっているのか下がっているのか知らないがとりあえずは明けっ放しの状態。目だろうが耳だろうが他人の尻を好んで見ようとは思わない――とでも言っておこうか。

物事を順序だてて説明しようと思えば、まずはアタマから。段々に下りてきて尻に触れて足許に。あえて足許から始めてアタマに来る場合を考えて〝足から頭〟と書いてみてニンマリ。もしかして、暇は無いなどと粋がってはいるが本当はやっぱり暇に違いない多分。

〝足から頭〟と書いて〝アシからアタマ〟とは読まないで欲しい……などと蛇足を添えて頭に乗っている自分は調子にも乗っているのかも知れない。遊びにだけ使用しているコトバたち。これまた〝足から頭〟だ。「雨ニモマケズ風ニモマケズ」〝負けず〟とは〝負けないこと〟負けないこととは勝つこと。だから「負けず嫌い」とは「勝つことが嫌い」ってこと。ずっと負けているのが好きってこと。とりあえず今、ご質問、反論の暇はありません。

［二〇一九年五月二六日］

勝った負けたで騒ぐのが好き

反論の暇も言い訳の余裕もないと前号に書いたはずだが嬉しいお便りをいただいた――「雨ニモマケズ」のマケズは負けずで、負けずとは負けないこと。負けないことは勝つこと。だから〝負けず嫌い〟とは〝勝つことが嫌いなこと〟である、と。うっかり頷きながら読んでいるうちに「思っていたのと違う流れ」になり「思っていたのと違う場所」に辿り着いてしまいました――と。

わたしにとっては思うツボ。次にヌスマレルのは皿（気にしないで下さい、極めて個人的なコトバ遊びを書き留めただけ。ヌスムとは〝次の皿〟と書くわなぁ……と）

お便りの続き――〝負けず嫌い〟とは〝勝つことが嫌い〟勝つことが嫌いとは〝負けるのが好き〟で、あるならば〝喰わず嫌い〟とは〝喰わないのが嫌い〟つまり〝喰うのが好き〟ということなのですね。

今度はわたしが「思っていたのと違う流れ」になり「思っていたのと違う場所」に辿り着いてしまった。

読むのが嫌いになってきましたか。正直、書くのも嫌いになってきました。〝読まず嫌い〟〝書かず嫌い〟読まずとは……だんだんどうでも良くなってきた。

他人様との足並み同様、文章も乱れがち

途切れ勝ち……トギレガチとは〝途切れ勝ち〟と書くのか〝途切れ〟にも勝ち負けがあるとは気付かなかった。

　途切れることは勝ちなのか。つまり、途切れないと負けらしい。健康だって体力だって出世だって思惑だって縁だって金だって人付き合いだって途切れることなく続いて行くのは〝負け〟なのだとは思ってもみなかった。そうか、途切れたほうが勝ちなのか。

　乱れがちも乱れ勝ちと書くのだろうね、手許の辞書には出ていない単語だが〝乱れ勝ち〟乱れないと負けらしい。嬉しいね、くずれて整わなくてバラバラに散乱して混乱して平静を失って生き様も着物の裾も〝乱れているのが〟〝勝ち〟だって。知らなかった。

　〝遅れ勝ち〟時計だって会う約束だって仕事だって遅れるほうが良いらしい。てっきり早い者勝ちだけだと思っていたので大誤算。〝独り勝ち〟残り全員は負けたのだなとシロウトにもわかるわかるわかりやすい。

　〝病気勝ち〟なるほど健康でいることは何

勝つと思うな
思えば負けで
負けるが
勝ちとは
ややこしい
『ありがち』とは
キリギリスの
負けのこと
あははと
ごまかしがちで

かに負けているわけか。すみませんね。

〝休み勝ち〟個人にもよるだろうがアノ10連休の大騒ぎ、休まないで働いていた人は負けていたいわけか。これはわからないでもない。

〝留守勝ち〟家を空けることが多い人が勝ちなのだ。毎日ずっと家に居るだけで負けだと今さら言われてもなぁ。今日も負けだ。

〝忘れ勝ち〟覚えていることが負けなのだとは知らなかった。サッサと忘れてしまおうじゃないか。何を何から忘れれば良いのか忘れたのか……別に勝った気はしないがな。

〝粘り勝ち〟あきらめずに耐え忍んで勝つこと。あの時以来「血液はいつもサラサラ」をすすめられ、粘りドロドロには注意するように言われていたが。サラサラが負けとは初耳に近い。信じて大丈夫だろうか。

〝遠慮勝ち〟そりゃそうだろう。傍若無人には負けて欲しい。遠慮には勝って欲しい。

〝黒目勝ち〟負けた白目は目を剝いて悔しがっているだろか。

〝曇り勝ち〟晴天や快晴は負けないのだろか。雨や雪は曇り寄りの立場なのだろうね。

今日も〝独り善《よ》がり勝ち〟〝独り勝ち〟。嬉しいね。勝ちだ勝ちだ。

［二〇一九年六月九日］

父の日が変わると日記に

日記は毎日必ず書くと決めて書き始めてから、そろそろ50年は過ぎたろう。

穏やかな一日であっただろうか、慌ただしい一日であっただろうか。今日一日を振り返りおもむろにノートを開く……なんて日記の書き方をしたことは1度もない。

日記とはその日一日を振り返るのではなくその場その場、その時その時の〝思いつき〟を忘れたくないから書き留めておく――これがわたしにとっての日記であったし日記なのである。

母の日とか父の日とか、あまり意識したことはないが遠く離れて暮らす娘から「父の日に間に合うように何かプレゼントを送るからね」と連絡をもらった。あらためて〝父の日〟とやらを意識して辞書を引いてみた。

ちちのひ【父の日】父に感謝する。6月の第3日曜を当てる。アメリカに起こった行事。――あぁそうですか、だ。この日が無かったら父に感謝はしないのだな、といつもの僻み癖で暦を見たら、今年の〝父の日〟とやらは6月16日（日曜日）らしい。

なるほどねで迎えた日曜日、何も届かなかった。日曜日は郵便局も宅配業者も休みなのだろうと月曜日を待つ。月曜日も何も

届かなかった。

　別にコレだけが楽しみで生きているわけではないと自分に言い聞かせ、あえて忘れかけていた火曜日の午後。何やら珍しい缶ビールのセットが届いた。「父の日おめでとう！少しだけど楽しんでね」のひと言が添えてあった。〝父の日〟は日曜日。月曜日は1日遅れ。火曜日だから2日遅れ。なるほど2日遅れでちょうど〝遅遅の日〟狙ったわけではないだろうがお見事、とお礼のひと言を送ったあとで、この事を今日の日記に、午後いちばん。「今日は〝遅遅の日〟来年も火曜日に何か届けば嬉しいな。やがてコレが日本で定着し、アメリカは日曜日らしいが日本では2日遅れがソレになるのだ」と赤いボールペンで。

　これが今年の6月18日（火曜日）午後いちばんの日記。

　少しの書き物でも目が疲れる。眼鏡は高校生の頃からだが〝近眼は老眼にならない〟と誰かに言われずっと信じていた自分は本当に見る目も聞く耳も持っていないと改めて。

　騙されていたのは眼だけではない。ちゃ

んと学校で習ったぞ。〝永久歯〟嘘ばっか。とっくの昔に抜けてしまったくせに。物事何事やんわりと表現したいと思っているのにソレに必要だとされる挟める奥歯だって無い。

どんなに上等な衣《きぬ》を持っているか見せてやりたいが着せてやりたい歯が残っていない。重ねて改めて〝永久歯〟嘘ばっか。

午後、本屋で立ち読み。「家庭の医学・病気がわかる事典」巻末に索引。何度読み返しても〝痔〟はあるが〝死〟は無い。これは前にも日記に書いたろうか。

医学事典の中に〝自然治癒〟の項目が無いらしいと聞いた。医師、医学にとってケガや病気が勝手に治ってしまっては何か困ることでもあるのだろうか。その昔の健康診断の際「……あぁ胃潰瘍は治ってますね」と言われたが胃潰瘍を患った覚えもなければ治療した覚えもないのに。これはその日の日記に書いた記憶がある。

たまには思いきり腹を立てようじゃないか大声で怒鳴ったり暴れたり。いつも言われていることのひとつに「なんて腹の座っている人でしょう」がある。たまに腹でも立てなければ運動不足になるかも。これは明日の日記に書こうと思う。

［二〇一九年六月二三日］

落書き帖

○

「親しき仲にも……」

そうか。親しくないから礼儀もなくてよいのだな

○

「陰ながら応援しております」……表に出れない理由でもおありで？

○

「しばらく鳴かず飛ばずですね」

目も耳もよくないようですね、お気の毒に

○

「馬鹿じゃねえのか」

人を疑うもんじゃない。それは自分の確信すら疑っていることになるでしょ

○

「坊主憎けりゃ今朝まで憎い」
……夕べは何があったものか

○

「ふたつ返事」
ハイとイイエだと思っていた

○

「ふくはうち」
ズボンの中に裾を入れて

○

「しょうもない」
中も大もないのだろうね

○
飴食って痔かたまる

○
知らぬは亭主ばか、で点を打つ嬶《かかあ》

○
「節約」あまり沢山約束をしないこと

○
「天上天下唯我独身」と思える夜
一年中シングルベルが聞こえる

○
月並みが十二並んで大晦日

Ⅷ

ではでは

「登らせてあげたいのは山々なのだが」

ベロからベロと舌戦

牛の舌と書いて〝ギュウタン〟言わずと知れた仙台名物。子どもたちが居た頃は（今はみんな青森の自宅を出てしまって）仙台からのお土産は〝牛舌〟と決まっていた。みんな大好きだったのだ。

「お父さんが子どもの頃は牛肉そのものが食卓に無かった。肉があるとすれば豚肉で、しかも挽肉と決まっていた。何？ヒキ肉を知らない？困ったものだ。今のステーキのような1枚肉ではなく、その肉を包丁で細かく切るか挽肉に加工する機械に入れて細かく挽いた肉……なんと言えば良いのか今ならミンチとか、細かく刻んだ肉が主流だった。カレーライスに入っている肉だっていつも豚の挽肉であったものだ」

それは時代と社会がすべてソレなのではなく、ただ単に我が家が貧乏でカレーライスに肉のカタマリを入れることが出来なかったのだと、そこまでは子どもたちに説明する気になれなかった。見栄にもならない見栄を張って。カレーライスに肉のカタマリも入れられなかった自分の親をかばったわけでもあるまいに。豚の挽肉が見栄そのものであったのだろうか、うふふ。

だから、牛肉を初めて食べたのは……ちゃんと覚えていない。少しずつ豚肉から牛肉や鶏肉に移行していったのだろうが……よく覚えていない。肉そのものに対する愛着や執着、憧れを覚えることすら教えてもらうことなく育てられたのであろう。育てられたのだ。

ロース、ヒレ、サーロイン……部位の名前くらいは知っているがソレがどのあたりの肉でどんな特徴の味なのか今でもよく覚えていない。出てきたら食べている程度か。

日頃《ひごろ》から舌《した》の根《ね》を乾《かわ》かす練習《れんしゅう》をしておこう
二枚もあるから大変だし
『したごころ』とはそれだろうか

牛の舌と書いて〝ギュウタン〟そのままの読みでありがたい。あの肉は牛の舌なのであろう。これも、いつ頃どこで食べたのが最初なのかよく覚えていない。気がついたら子どもたちへのお土産の定番になっていた。

「牛の舌は美味しいと評判だが馬の舌はどんなものなのかはあまり話しを聞かないね。どうして馬の舌は話題にならないのだろうか。それはね、馬の舌を食べるとバタンになって倒れるからです」

このハナシをする時はサッサと前に進めないと聞く方が気付いてしまう場合が多い。牛の舌がギュウタンなら馬の舌はバタン、と舌の回りを良くして急ぎましょう。牛の舌から馬の舌へ、まさに舌の根の乾かぬうちに移行することをお勧めいたします。

狸が人を騙すのはいわゆる二枚舌を駆使していると思われる。アノ歌を思い出していただきたい。〽タンタン狸の……つまり二枚舌。

狸が人を騙すのはどことなく愛嬌を思ってしまうが、狐の場合（勝手な思い込みなのだが）どこか陰惨で胡散臭さ、たくらみや策略を感じてしまう。コンタン。キツネの舌がそのまま魂胆に結びついてしまっているからだろう。自分でもあきれるほどの、ちゃんと思考していない回路のなせる技とでも言おうか。

牛の舌から始まって馬の舌。狸の舌から狐の舌へ。続いては猫の舌。これはこのまま〝猫舌〟このままの〝まま〟を飯と書いても熱いうちは食べられないのが猫舌。

「犬の舌を食べたことはおありか。わたしは大好き。貴方も食べたことがあろうて。ワンタン。麺が入っても悪くない」

マイクを持っての舌戦は聞き流し、コチラはコチラの舌戦。舐めるなよ、とでもしておこか。

［二〇一九年七月一四日］

思ってもみなかった面白さ

「腐ってもタイ」と聞く度にマレーシアやインドネシアの立場はどうなのだろうと思ってしまう。フィリピンやベトナムや、ついでにシンガポールにも思いを馳せてみる。

のっけから何て馬鹿な話をとお思いか。百も承知の馬鹿話。

「クサッテモタイ」もう何度も目にしたし耳にもした。自分の口から発したことだってある。そのことを書こうと思って「腐っても」と書き出して「タイ」の漢字を忘れた。なんだなんだ、そんな簡単な漢字も覚えていないのか。いや、覚えている、覚えているつもりであった。

いつもそうなのだ。漢字で書こうと思う瞬間、いつだって迷うのだタイとコイ。魚偏がどうかで迷うことはないがタイとコイ。〝周〟だったか〝里〟だったか必ず一瞬を超す間が必要なのだ。

〽屋根より高い鯛のぼり……

〽鯉やヒラメの舞い踊り……

ぼう〜っとしていれば間違いに気付かないことに自信がある。魚のタラ……これまた魚偏を書いたあとで〝雪〟だったか〝冬〟だったかで迷って悩む。〝鱈〟と〝鮗〟……寒い時期に鍋で美味しく。思えば思うほど冬なのか雪なのか迷って悩む。そんな

ずっと夏待里《なつまつさと》
ようやく夏待里《なつまつり》
度々《たびたび》
度《ど》忘れ
嘘でもうちわは左手に

ので迷って悩むのはお前だけだろうョと言われれば甘んじて受けるしかないが。

「腐ってもタイ」……「腐っても鯉」うっかりそのまま〝鯉〟で話が進んでもなぁとの思いから〝タイ〟と片仮名で書いてみて、おやまあ突然のヒラメキと思いつきでマレーシアからインドネシア、フィリピン……。

「腐ってもタイ」タイを片仮名で表記するなんて今までに一度も見たことがないし書いたこともない。その初めての表記によって東南アジアの旅への思いと、思いもよらなかった馬鹿話の誕生へ。うれしいではないか。

「登らせてあげたいのは山々なのだが」この次のフレーズがなかなか思いつかない。

「てっぺんイタダキました」さて、どんな漢字をどこへ当てはめて遊びますか。〝ました〟はそのまま〝真下〟でいいか。

「素直になれ。〝作家〟読んでそのまま。見てそのまま。大工サンのことだよね。左官屋サンも〝作家〟のうちだろうか」などと思ってみるのも楽しいではないか。

「駄菓子駄菓子だがしかし駄菓子も菓子だし菓子は菓子」だからどうしたと言われたくて書いてみた駄菓子だがしかし。

「あ、ぶら取り紙」なぜそこに読点を持ってきたのか。片仮名表記のほうが〝ブラ〟が活きてわかりやすいと思うのだが。この際この場合、わかりやすければ良いというものでもないのだ、とわかってほしい。

「野球のことはよく知らないが〝キュウカイウラ〟が面白いのだとか」漢字で書くと〝球界裏〟で良いのだろうか。それは表からも見えるものなのだろうか。何しろちゃんと見たことがないものだから。

「この帽子はドイツんだ？」

「オランダ！」

近頃はほとんど聞かないが少し前まではよく耳にした落語家サンの小咄っぽい軽口。久しぶりに思い出し、もうひと言を添えてみた――

「『この帽子はドイツんだ？』２人が同時に声を出した『オランダ！』……ああ、かぶってしまったなあ」

何を面白いと思うかは人それぞれ。私も人。

［二〇一九年七月二八日］

思い込む思い上がりの健康法

ツマランモノを見つけると嬉しくなる。何を言っておるのだツマランモノはツマランに決まっておるではないかと大概おおかた反論を受ける。

それでもツマランモノを探して見つけると嬉しくなる。この思いと行動をどのように説明するとわかっていただけるだろうか。

当たり前に存在するものをツマランモノと決めつける。これがわかりやすいかも知れない。言い方を変えると「他人の言葉尻をとらえて揚げ足を取る」これに尽きるかも知れない。

それそのものは決してツマランモノではないのだがツマランモノと決めつけて、つまり言葉尻をとらえて揚げ足を取る。「触らぬ神にたたりなし」と聞いたら即座に「触れぬものなら女神が良い」と続ける快感。「孝行をしたい時には親はなし」と聞いたら間髪をいれず「孝行をしたくなくても親がいて」とつぶやいてみる恍惚。「墓に布団は着せられず」と言われたら「軽いタオルケットなら着せてみたことがあるョ」とひと言添えてやる優しさ（自分にしてみれば単なる過去の体験談）

「巧言令色鮮《すくな》し仁」だと。時々耳にしたことがあるような気もする言葉だがサテ正しい意味を知っていたかどうか〝鮮し〟と書いて〝すくなし〟と読むのか。〝鮮〟とかく新鮮なものは少ないとでも覚えておくか。「巧言令色鮮し仁」（論語）口先がうまく顔色をやわらげて人を喜ばせ、こびへつらうことは仁の心に欠けること、だと。

論語ともあろうものが何たること。「口がうまく、やたらと愛想のよい人はそれはそれで立派じゃないか。口が下手で周りに愛想のひとつも振りまけないような人に仁も徳もあってたまるか」ではないか。〝論語〟と知っても怖気付かない図々しい自画自賛型。爺が自賛と書いてもコレッポチの違和感を感じさせない流れに快感と恍惚を覚えるほどで。

『縦《たて》の物《もの》を横《よこ》にもしない』
日本語《にほんご》は絶対《ぜったい》に英語《えいご》に直《なお》さないってことだ
ABC大黒

「過ぎたるは猶及ばざるが如し」これも論語とは知らなかった。度を過ぎてしまったものは程度に達しないものと同じで、どちらも良いことではない、だと。「何に及びたかったのかどうかは知らないが及んだくらいで止めるなよ、どうせやるなら過ぎるくらいまでやろうじゃないか。及ばなくたって良いじゃないか、過ぎるほどやれたんだから」とは考えられないものか、だ。

当たり前に在るものをツマランモノと決めつけて自分が少し上に立ってみる〝遊び〟それが言葉尻と揚げ足の真骨頂なのだと思いたい。

「据え膳喰わぬは男の恥」すぐに続けて「その据え膳、据えない場合は女の恥」冗舌な快感。

「あとは野となれ山となれ」さぁてその今現在はどこにいるのだろう。野でも山でもないのであれば谷間の川の中だろうか、あとのことより今の今を心配したらどうだ。

「捨てる神あれば拾う神あり」捨てられたり拾われたりしているのも神だろか、それとも人間なのだろか。私は知らない。

「知らぬ顔の半兵衛」へぇ、顔も知らないのに名前は半兵衛だと知っているなんてスゴイね。何がスゴイのかも知らないけど。

「清濁併せ呑む」私と同じだ。清酒だろうが非合法の濁酒だろうが目の前にあれば来るがまま受け容れる度量の大きいこと、私と同じだ。

当たり前に在るものをツマランと思い込む思い上がりは健康にも良いと信じている。だから本当にツマランモノを見つけた時の喜びたるや。この一文を読み終えた貴方と一緒かも。

［二〇一九年八月一一日］

思いつきと思い込みにも幅を

「一癖も二癖もありそうで近寄りがたい奴なんだ」と。

ひとくせ【一癖】どこか普通の人と異なっていると感じさせる特異な点。扱いにくく油断できない性質・特徴など。（広辞苑）

たったの「一癖」でもコレだ。普通の人と異なり扱いにくくて油断できない……それが「二癖」もありそうとなれば普通の人からトンデモナクかけ離れ油断も隙もなく、無理も道理も通れない引っ込めない状態の奴となるのだろうか。

普通の人とやらともうまく付き合えない身としてみれば〝普通の人と異なって扱いにくく油断できない人〟とはもっと近寄りがたいだろうなぁ。

そこで見つけたもう一癖。

「無くて七癖有って四十八癖」なんだなんだ癖というものは〝無くて〟無いといっておきながら〝七癖〟もあるのか。

「無くて七癖」だというのに「一癖や二癖」ごときに恐れを抱いてどうしようというのだ。「無くて七癖」とは「無くせ」に通じる言葉並べだろうか。「四十八癖」の48とは相撲の手の総称への取組にも気を遣った数字なのだろうか。だとすると「四十八癖」の四十八にも裏表があるのだろうか。

改めて、数字が登場するコトバには「一癖も二癖も」ありそうで一筋縄では行かないのだろうね。たとえばで思い出すのは〝四百四病〟なる言葉。辞書には〝疾病の総称〟と出ている。（〝風邪は万病の元〟の立場はこの際忘れて）〝四百四病が疾病の総称〟であれば〝江戸八百八町〟と称された江戸の町の丁度半分は病気であったのだ。明治維新でどれほど治療がなされたものか、放っておかれたものか。どれくらい治ったのだろうか、まだ病気なのだろうか。東京は大丈夫なのだろうか……個人的に調べる気はないし調べる術もない。八百八町と四百四病。

〝二〇三高地〟〝二百十日・二百二十日〟数字も思いもうまく割り切れずに残念だ。

一癖二癖から七癖、四十八癖。ひとつひとつの癖は特定できないのであろうがその癖を数える単位がそのまま〝癖〟とはなんともわかりやすい。恐らく「癖者と曲者」は同じ。

改めて癖を思う。その人の習慣的動作。

あのはずれに見えてるのはなんでしょうね
たぶんきたいでしょう
聞かなきゃよかった

個人的傾向の強い動作言動。直そうとすら思ってもいない場合がほとんど。直そうとしてもなかなか直らない状態。〝くせ毛〟

　他の語句に添えて「……にもかかわらず」の場合にも登場する【癖に】非難の意をこめる語。なるほど。

「いつも負ける癖に……駆ける」「いつも負ける癖に……賭ける」「決して上手い文章ではない癖に……書けるときには書ける」ここはひとつ納得を強要してでも、なるほどと。

「金持の癖にケチだ」「金持なのに貧乏揺すりの癖がある」「金持の癖に貧乏揺すりの癖がある」このシツコイ繰り返しに快感と恍惚を覚える貧乏性丸出しに貧乏芸を見る思い。あぁこんなところにも自分の悪い癖が散乱している。

〝癖〟をいじくり廻して遊んでいるように読めるかも知れないが実は前回の思いの吐露と同じ思いで書き進めてきた。

　ツマランモノを見つける。当たり前に在るものをツマランと決めつけて自分が少し上に立ってみる〝遊び〟の続きそのままなのだ。ひとつの単なる思いつきを思いきり広げて行こうとする。これも私の悪い癖のひとつか。

［二〇一九年八月二五日］

増税前のカマなんたらに……

「かまびすしい」……カマなんたらとしか覚えていなかった言葉だったが近頃のテレビのワイドショーはコレばっかりで〝カマなんたら〟を改めて辞書で確認してみた。「かまびすしい」漢字で書くと「喧しい」やかましい、さわがしいの意とか。どこかで見たような字だなと見ていて思い出した。なんだ〝喧嘩〟の〝喧〟ではないか。喧嘩の喧が〝やかましい、さわがしい〟ならば喧嘩の〝嘩〟にはどのような意味があるのだろうか手元の漢字辞典で調べてみたら「クチにハナ、はなやかの意。はなやかなことば、かまびすしいの意味を表す」とあった。

なるほどに辿り着くのが早かった。

喧嘩とは〝かまびすしく、やかましく騒がしいが華やかなかまびすしいこと〟であったのか、あったのだ。これはケンカをしている当人たちを指しているのか、そのケンカを傍で見ている人たちを指しているのか。〝かまびすしく、やかましく騒がしい華やかなかまびすしいこと〟……なるほどが少し遠のいた。

消費税8％から10％に。あと1か月、あと10日、あと3日……。かまびすしい。

知らなかった。日本にはこんなにも沢山

の〝増税評論家〟がいたなんて。いちいち増税評論家の肩書は表示されないが、あんなにややこしい軽減だ還元だを毎日毎日、入れ替り立ち替りの説明と解説と……評論と。シロウトには増税評論家としか思えない。

かろうじて理解したつもりでいるのは、店で買い物をしてそのままそっち向いて飲み喰いすれば10％で、背中を向けて飲み喰いすれば8％らしいと。持ち帰ると税金が安くなるとの説明ではあるが、持ち帰るのが自分の家までとは特定していない。ならばアッチ向いてとコッチ向いての飲み喰い表現でよいではないかとシロウトは理解の軽減に会釈する。

喧嘩の売買。売った方にも買った方にも消費税は適用されるのだろうか。先に手を出した方が10％で反撃した方は8％だろうか。ほぼ同時の場合は双方に8％で済むのだろうか。

夫婦喧嘩の場合。店先で激しくやりあったら双方に10％。家に帰ってからだと8％。この際、家に帰ってからのほうが軽減税率が働いて安くつく。いずれも自分たちが払うとなれば家に帰ってからジックリとがお勧め。

売り言葉に買い言葉。時間差による軽減税率なのかどうか増税前にご確認を。

今からでも遅くはないと常々思ってはいたが――名を売る。顔を売る。男を売る。度胸を売る――売り出す。売り出したからすぐに買い手がつくとは限らぬが、これも増税前が良いだろうか、もう時間もないが。

媚を売られたら……すぐにサッサとその気になって抱きついたら10%。はやる気を静めに静め、手も握らずに自宅まで連れて帰ったら軽減税率8%になってお得です。本当だろうか。かまびすしい割にはこんなタトエ話しで楽しませてくれるチャンネルはまだ見たことがない。教えてほしい。

国会議員もそれを支える官僚たちも〝頭が良くないとなれない〟と聞いているし信じている。その立派な頭を寄せ合ってどうしてこんなヤヤコシイ事を決めるのだろう。決めたのだろう。素直で単純で明快、誰にも理解できる法律は頭が良いと作れないのだろうか。

頭の良くないシロウトの門外漢にもそれなりのアイデアがある。軽減も増税も還元も必要としない単純明快な方法とは――消費税そのものを廃止することだ。うん、どうだ。あははだ。

［二〇一九年九月二九日］

大きな拍手でお迎え下さい

ひょんなことから20数年前の〝トークライブ〟とやらの音源が手に入った。

あの頃はどんなハナシをしていたのであろうか。まだ現役バリバリのサラリーマン。とはいえ現役バリバリの〝二足の草鞋〟そのもの真っ最中のあたり。

秋田県男鹿市文化会館での収録。ちゃんとスポンサーもついていて1時間番組として秋田放送ラジオからオンエアされたらしい。

改めて聞いてみて驚いた。このハナシ、もう20年も前からしていたのか……今も時々口にするハナシだからよく覚えている、忘れてはいない……結構な早口のテンポだからかなり言い慣れている様子、もっと前々からの持ちネタだったのだろうなと妙に納得している自分に納得しながら……ハテ、これは何んだ。聞きなれないフレーズだな、が出てきた――。

「……つまり、大学の先生によくある物言いなのだが〝難しいことは難しいまま、易しいことも難しく表現することによって自分は大学の先生なのだョ〟と、事ある度にアピールしたがる先生。いますよね、いるんです。〝沸点百度に到達した蒸留水に塩化ナトリウムを適宜、混入攪拌《かくはん》する〟などと日常会話の中で突然なんの前ぶれもなく

ワイヤーがないから
ワイヤレスマイク
終りがないから
エンドレス
ネックレスとは
首がないこと
四十年も前から演《や》ってた話
──今も変わらず

言い出す。〝沸点百度に到達した蒸留水に塩化ナトリウムを混入攪拌〟ですよ、何もこんな難しく言わなくても、早い話が〝煮立ったお湯に塩を入れてかきまわす〟ただそれだけの話」

久しぶりに聞いたこのフレーズを文字にしようと今、何度も辞書で調べるはめに。混入は書けたが攪拌は書けなかった。

もっと、詳しく、どうでも良いことを書かせていただくと、この「言葉の贅肉」の原稿は二百字詰原稿用紙に〝太字〟の万年筆で書いているが〝攪〟と書くときだけ〝中字〟の万年筆に持ち代えて書いている。活字になってしまった文字面を読んでいる皆様には正にどうでも良いことだが。どうでも良いことのついでに万年筆を持ち代えて──襲撃された憂鬱な薔薇《ばら》と檸檬《れもん》の魑魅魍《ちみもう》魎《りょう》……閑話休題と書くのも烏滸《おこ》がましい。

音源の続き。

話の合間に大きな拍手をいただいて

「……拍手をする暇があったら現金を投げて下さい。大きな拍手だとか、嬉しいマナザシなんて、なんの足しにもなりません。

今いち番わかりやすいのは現金です。ついでに言っときますが花束なんか貰っても漬物にもなりゃしませんやっぱり現金です」。

そうか、このフレーズも20数年前から使用していたのか。今なら更にひと言つけ足して「……その現金の上に無理してお菓子を敷き詰めたりしなくても大丈夫です。もうサラリーマンも終えましたから背広の生地も要りませんのでコレも現金で」舞台の上に黒板かホワイトボードがあったら『あれよりも、それよりも、これよりも』と書き、更に続けて『比較三原則』と書いてみる。いいえ、すべてを理解してもらおうとは思っておりませんで、自分で思いついた思いつきで自分がクスリと笑えれば、その思いつき充分に身体の薬で。

20数年前のCD音源。懐かしくも新鮮な思いで聞いた。ここまで話しておいてソコには届いていなかったのか、今はソコントコは別な言いまわしをしてもっとウケるぞ、とか。

長く生きること、長く生きてきたことがすべて前進しているとは微塵も思っていないが人はどうしてゴールだけ目指すのか、たまにはスタートを目指してみようョ。〝老い〟と呼びかけ。

［二〇一九年一〇月二七日］

逆鱗に癪を植えてみる

この話は前にもしただろうか。つまり、その日の日記は穏やかな一日を終え、お休みの前に一日を振りかえってその日の記録と思いを書き記す——なんて事はサラリーマン定年退職のあと一度もした事がない。

日記とは、朝だろうが昼だろうが今、思いついた事を今のうちに書き記すのが私にとっての日記なのだと。今の今のこの思いつきを忘れないために書き記すのが日記なのだ。

ゲキリンにふれる。逆鱗に触れる。逆さのウロコだったなと改めて。

竜の喉元には逆さに生えているウロコがあって（1枚だけなのか2枚も3枚もあるのかは知らないが）そのウロコに人が触れれば必ず殺されるという中国の故事に由来するのだとか。そこから転じて「逆鱗に触れる」とは目上の人を激しく怒らせる事。

思い起こしてのサラリーマン時代。すべてが目上の上司たちの逆鱗に触れた記憶は一度もないが……もしかして……私のデスク周りを見た上司があまりの乱雑さに「掃き溜めみたいだな」とひと言。すかさず「今日から私のことを鶴と呼んでください」と反応したのだが別段、逆鱗に触れたふうもなく無言で立ち去った。人によっては無言で立ち去る行為行動も逆鱗がらみなのであろうか。もちろん、あえて追いかけて感想を聞いたりはしなかったので今となってはなんとも言えないが。

逆の立場。私が上司になって部下をはべらせた経験がないので私に逆鱗そのものがあるかどうかわからない。竜を人間に置きかえてみたら人間の逆鱗はノドチンコのあたりにあるのだろうか。ノドチンコのあたりに触れられたら私だけでなく、大抵の人間は笑ってしまうと思うがなぁ。

ここで一旦ペンを置く。

鱗と改めて書いてみて魚の隣りの隣りがウロコとは良く出来た漢字でウロコの数を表わしているのだろう。隣りの隣りがあってのウロコなのだから逆鱗も1枚じゃないに違いないと勝手にノドチンコを撫でて納得してみる。

ついでにひと言。ウロコが無いと辞書にも書いてあるハタハタ【鱩・鰰】も何かの都合とハズミで、目からウロコが落ちたりするものだろうか、と贅肉の贅肉を。

逆鱗以外にも触るもの触ってみたいものはないだろうか「触らぬ神に祟りなし」「触

れるものなら女神がよい」うふふ。

触る。「癪に触る」この時の「癪」は自分の癪だろうか相手の癪だろうか。癪の場合は「障る」と書くのだと。自分の癪にならば「触る」他人の癪には「障る」と書くのが適切なような気がするが信じないでほしい。

癪には種《たね》があるらしい。長らくお目にかかったことはなかった癪の種がようやく手に入った。うれしくてうれしくて。よく晴れた春の朝、その種を庭の片隅に植えた。朝晩忘れずに水をやり数日後には小さな芽を出した。うれしくてうれしくて。朝晩忘れずに水やりを続け、茎が1尺ほど伸びたあたりで小さな花を咲かせ、やがてその花が小さな実を結んだ。うれしくてうれしくて。だんだん大きくなってゆく実を毎日楽しみに見ていたのに、ある朝見たら根こそぎ盗まれていた。

——話は元に戻ってはじめから読み直してください。盗まれたのは種だったのか実だったのか自分でもよくわからないまま。ふれたのは何。さわったのはどれ。今日も一日始まったばかりの日記の書き写しのご披露を。

［二〇一九年一一月一八日］

この世にたった1冊の本

はっきり言って、すっかり忘れていた1冊の本が突然、目の前に出てきた。

嘘じゃない。自分が作った棚の上から落ちてきたのだ「忘れてんじゃねえよ」と言わんばかりに牡丹餅に成りすました如く。

その場その場で思いついた思いつきをメモしていた雑ノートを見た知人が「活字で本のようにまとめてみようよ」と面白がって〝打って〟くれた。それを面白がって束ね製本の真似をして本のようにしてみた1冊。まったくこの世に1冊しかない本。ちゃんとページ数まで〝打って〟くれていた。なんと231ページ。

見開きのページにタイトルのような文字がしっかりと「思いつくと思い出す」とあり、余白に鉛筆で走り書き「全部が目次だけの本」「あぁまた泥だらけの綺麗事」「800を超す嘘」「嘘とは思えぬ嘘」

何かを思いつくと、それに似ていることや共通する何かを付け足して行くやり方。何年かかって書きためたものか。

「働き盛り働き盛りとおだてられて働かされるより、病身を装って遊んでいるほうがマシだ」――これが1番はじめのコトバ。

続いて「貧乏はしょうがない。貧乏なのだから。貧乏くさいのが嫌いなのだ。貧乏

飴細工《あめざいく》で作ってもらった鞭《むち》
あれば便利だろか
どんなときに使うのだろう

くさい奴は間違いなく貧乏人ではない」

「偉い人と偉い奴は全然違う。もちろん、偉い人と偉そうな人も違う。いちばん嫌いなのは『偉そうな奴』だが、悪いことにこれがいちばん多い」


「アメリカの金持ちはプールにセスナ……いかにも金持ちっぽい。日本の金持ちは腹巻に現金……貧乏くさいねぇ」

「痛くもない腹をさぐられたぐらいで、腹を立てなくても良い。少しくすぐったいくらいだろうて。本当に痛い腹をさぐられると、痛いぞ、たぶん。だって痛いのだから」

「たまには思いきり感情的になって腹を立ててみよう。ふだんから腹がすわっていると言われているのだから、たまに腹を立てるのは身体に良いに違いない」

「嘘はバレないうちは嘘ではない。迷ったことに気がついていないうちは、まだ迷い子ではない。迷っていることに気がついていない幸せ。ありがたいことだ」

「薄汚れたままで残っている雪は、頑張っているというより、むしろ哀れだ。まるで自分を見ているようで（笑）」

「年相応の馬鹿。馬鹿に年齢を合わせるのか、年齢に馬鹿を合わせるのか、馬鹿には理解できない。理解していない」

「てめえこの野郎、おとなしくしていれば良い気になりやがって、と自分で自分に喧嘩を売りたくなる夜がある。ゆうべもそうだった。坊主ではないが今朝まで憎かった」

「なんだかんだ言ったって、神も仏も金を貸してくれたことはない。苦しくない時に頼んでもだ」

「どこで間違えたのだろうと人生を振り返って思い悩むことはない。どこでだろうと、いつ頃だろうと間違えたのが確かなのであれば、もう今更どうにもならないのだから」

「騒いでどうにかなるのなら、とっくに騒いでいる。どうにもならないのを知っているから静かにしているのだよ」

牡丹餅に成りすました如く棚から落ちてきたこの世に1冊しかない手作り本。書き写してまだ6ページあたり。いつ頃の自分の思いなのであろうか。そして現在に到ったのであろうか。

［二〇一九年一二月二日］

落書き帖

○

休むかも　約束はしない明日の風

○

マロンの香りがロマンを呼ぶコロン

○

屁でもない
屁もでない

○

夏待つ里《り》夏待つ里《さと》と重ねみる
だからどうしたと言われれば……

○背を丸め後ろ指かわす身のこなし

○薄型テレビは不便
上に物を置けない

○注目を浴びているよな無視の群れ

○駆付け三杯　隠れて五杯
呑むと決めたら数えてない

○芋焼酎の蕎麦焼酎割り

○

呑んだか呑んでないか
よく覚えていないということは……
ちゃんと呑んでいなかったに違いない

○

三度の飯より一度の酒

○

旅は道連れ世はな……酒

○

だれもかっぺいの凄さを知らない
何故か――
あいつに凄さなど無いからだ
――そりゃそうだ

あとがき――ホントにあとに書きました

お楽しみいただけましたでしょうか。

お楽しみいただけましたでしょうかと言うよりも最後まで当方の勝手な言葉遊びにあきれてあきらめることなくお付合いいただけましたでしょうかが正しい質問でしょうか。

元より、これといった主義も主張も思想も専門も持たない身。毎日の暮らしの中でひょいと思いついた思いつきを、せっかくの思いつきを〝忘れるのが嫌だ〟ただそれだけの理由で書き留め続けてきた、書き留め続けているだけなのです。まるで日記の片隅に書いたイタズラ書きのメモのようなもので。もちろん誰かに見てもらう読んでもらうつもりなどまったく思ってもみなかった昔々からの〝個人的慣習〟のようなものでして。それがそのまま〝独り言に相槌を打つ〟態のまま今の今でも続けているのであります。

だから、と続けてよろしいでしょうか。

洒落だ地口だ親父なんたらだ――には貸す耳も見る目も返す口も持っておりませんで。「だったらお前も同じようなことをやってみたらどうだ」と、時に思ったりもしますが、どんなに酔っ払っていても一度も口に出した覚えはありません。と思っております。撤回すれば総てが何も無くなって、無くしてしまえる立場の職業ではございませんし。撤回……初めて文字で書いてみました撤回。書くにあたって辞書で確認。撤回。取り除いて取り下げて、どこへ回すのかの説明は無かったのですが使い道はよさそうな言葉ですね撤回。見ざる言わざる着飾る――あぁこれはもうすでにどこかに書きましたかねえ。どこかにすでに書いておりましたら撤回致します。

お気に入りの思いつきは何度でも思いついて何度でもメモする。それを何度話したか何度書いたかは覚えていない――これももう何度話したか何度書いたか覚えていない。また出てきましたらそちら様でお好きなように撤回していただいて結構でございます。まことに便利この上ない単語だと改めて。撤回。

元より、に戻って――文学も文芸も学問も歴史も哲学も、算数も数学も知恵も知識も教養がなければ明日も用が無い。ほらまただ。まともな流れの中でも、ちょいとした言葉のはずみでつい横道に曲がってしまう素直さだけが取得なのかも知れません。

そんなこんなのマトモな人なら見向きもしない言葉遊びで遊んでいたら〝もしかしたらそんな言葉遊びが面白いのかも知れない〟と興味を寄せてくれたのが産経新聞東北版の編集子。3話ほどのエッセイ擬きに端を発し、どうでしょう週1話の連載で半年ほど書いてみませんかと。二百字詰原稿用紙で7枚。カット風なイラストも添えて。「言葉の贅肉　伊奈かっぺい綴り方教室」スタートしたのが2007年10月10日。週1話から東日本大震災をはさみ二週に1話に変更となったが、ようやく最終話となったのは2023年3月20日。足掛け17年。よくもまあ。ラストは453話になっていた。

連載開始当時から興味を示していたのが永六輔氏を介して知り合えた岩波書店取締役の井上一夫サン。他の原稿なども寄せ集め、2015年12月、岩波書店から『言葉の贅肉　今日も超饒舌《よげしゃべり》』と題して出版された。このとき編集担当として奮闘してくれたのが同社・富田武子サン。

そして2021年のある日、岩波書店退社後は「本の泉社」で出版のお手伝いをしているという井上サンから電話があった。「まだ書いていますか。使えそうな原稿はどれくらいになりましたか。新しい本を作って遊びませんか」と。

出るな歩くな動くな喋るな歌うなの情況の中でそれなりの退屈はしていたものの昔ながらの言葉遊びはシツコク続けていましたから〝待ってました望むところ〟と。2022年6月、その「本の泉社」から『言葉のおもちゃ箱　伊奈かっぺい綴り方教室』と題した一冊がまるでコロナ禍をあざ笑うような当て付けのような形で出版を。

この『おもちゃ箱』思いのほか喜んでいただけたようで。あえて〝期待はずれ〟の好評とでも言っておきましょうか。自分が一番楽しんでいる言葉遊びを並べて、自分が一番勝手に楽しんでいるような一冊なのですから。

さらに……「まだ続いておりますか」まだ遊んでおりますとも」。こうしてこの本ができました。『おもちゃ箱』に続く『びっくり箱』。

何かに的を絞り事を突き詰めて探り出す高級な思いつきなど何ひとつないのです。いつだって、ひょいと浮かんだ単なる思いつき。その思いつきについ別な言葉を並べてみてのニヤリニンマリ。〝対〟別な言葉などと書いてみて……　ほらまただ。

遊び道具としての言葉を与えてくれた沢山の友人知人たち。それを面白がって並べてみてくれた井上サマ。本の泉社サマ。そしてこの『びっくり箱』を手に取っていただいた皆サマ。たとえ購入しなくても一度は手に取って持ち上げてくれたことにも感謝を申し上げます（ここまで言われたら）などとまた。

二〇二三年一二月二〇日

伊奈かっぺい

伊奈かっぺい（いな かっぺい）

1947年青森県弘前市生まれ。本名、佐藤元伸。青森を拠点に、方言詩、エッセイ、作詞、イラストを手がけるマルチタレント。ラジオ出演・トークライブも数多い。2007年に青森放送を定年退職した後は、同局のラジオパーソナリティをつとめつつ、いよいよ多才ぶりを発揮している。著書に『消ゴムでかいた落書き』『雪やどり』『津軽弁・違る弁』『旅の空 うわの空』『あれもうふふ これもうふふ』『げんせん書け流し』『入れ歯の寝言』『言葉の贅肉 今日も超饒舌』『言葉のおもちゃ箱 伊奈かっぺい綴り方教室』など。また公演や詩の朗読などを収めたCD・DVDも多数。

言葉《ことば》のびっくり箱《ばこ》　伊奈《いな》かっぺい綴《つづ》り方教室《かたきょうしつ》

2024年1月31日　初版第1刷発行

著　者　伊奈かっぺい
発行者　浜田和子
発行所　株式会社 本の泉社
〒112-0005　東京都文京区水道2-10-9　板倉ビル2階
TEL：03-5810-1581　FAX：03-5810-1582
印刷：株式会社ティーケー出版印刷
製本：株式会社ティーケー出版印刷
DTP：杵鞭真一

ISBN 978-4-7807-2256-7 C0095